瀚·小语

瀚·小语

黄海波 著

一个70后女神的时尚史

海天出版社（中国·深圳）

图书在版编目（CIP）数据

一个70后女神的时尚史 / 黄海波著. — 深圳：海
天出版社，2016.6
（瀚小语系列）
ISBN 978-7-5507-1578-3

Ⅰ．①一… Ⅱ．①黄… Ⅲ．①随笔－作品集－中国－
当代 Ⅳ．①I267.1

中国版本图书馆CIP数据核字 (2016) 第041678号

一个70后女神的时尚史
Yige 70hou Nüshen De Shishang Shi

出 品 人　聂雄前
责任编辑　许全军 童　芳
责任校对　张　玫
责任技编　梁立新
装帧设计　知行格致
插图绘制　兰　子

出版发行　海天出版社
地　　址　深圳市彩田南路海天综合大厦7-8层（518033）
网　　址　http：//www.htph.com.cn
订购电话　0755-83460202(批发) 83460239(邮购)
设计制作　深圳市知行格致文化传播有限公司　Tel：0755-83464427
印　　刷　深圳粤丰华印务有限公司
开　　本　889mm×1194mm 1/32
印　　张　9.75
字　　数　170千字
版　　次　2016年6月第1版
印　　次　2016年6月第1次
印　　数　1-4000册
定　　价　38.00元

身为女人，总有些难以克服的虚荣心。穿衣打扮、吃吃喝喝之外，还想表现出那么一点或深或浅的内在。一件旧衣服上绣的小小的花，每根嫩黄的蕊顶着蓬蓬的小球，我所展示的当然不仅是这个看似无关紧要的图案，而且是它如何启蒙我对时尚那种"小资产阶级知识分子式"的贪恋与抗拒的纠结。

观望童年，我惊讶地发现，所谓生活，其实就是一次次的重现，有时候是原封不动，有时候会发生变形，但如果仔细寻找，总能在童年找到原型。至少对我来说，人生中绝大多数体验，喜悦与忧伤，得到与失去，在童年已经完成了。童年成了人生的一个隐喻，而此后的岁月，不过是一次次令人绝望的重复。

努力打捞沉没在时光中的月光碎片，倾听隐藏在华灯背后的年华的流动，此刻，我又一次感到了草木复苏的欣喜。

黄海波

目 录 / CONTENTS

A

阿尔巴尼亚针 / 1

阿廖沙的面包 / 4

阿童木 / 7

B

八一粉 / 10

巴厘纱 / 12

白衬衣蓝裤子白球鞋 / 14

百货大楼 / 17

棒针毛衣 / 20

蝙蝠衫 / 23

冰棍儿 / 25

病号饭 / 28

玻璃板 / 32

不锈钢发夹 / 35

布拉吉 / 38

C

彩照 / 41

叉子 / 44

长途电话 / 46

赤脚医生手册 / 50

D

打家具 / 53

的确良 / 55

的士高 / 58

涤卡 / 61

地雷花 / 64

电影院 / 67

一
个
70
后女神的
时尚史

F

FOLLOW ME / 70

凤仙花 / 74

弗洛伊德八字 / 76

G

港气 / 79

高领毛衣 / 82

歌词本 / 85

蛤蜊油 / 88

H

贺年片 / 91

红茶菌 / 94

红灯牌收音机 / 97

花仙子 / 101

画手表 / 103

J

计算机课 / 105

加里森敢死队 / 108

家庭裁缝 / 110

假领子 / 113

健美裤 / 115

橘子粉 / 118

军大衣 / 121

军裤和锅刷子 / 124

L

垃圾游乐场 / 127

喇叭裤 / 130

劳保手套 / 133

烙铁 / 136

炉火便宜坊 / 138

旅游鞋 / 140

铝饭盒 / 143

绿皮车 / 146

M

马粪和苍蝇 / 149

梅花运动服 / 152

棉猴儿 / 155

N

内部电影 / 158

年味 / 161

女特务 / 164

P

排球女将 / 167

皮鞋 / 170

破烂与麻糖 / 173

普通话 / 175

Q

琼瑶定律 / 178

秋裤 / 181

全国粮票 / 184

S

三洋半头砖 / 187

珊瑚岛上的死光 / 190

上海手表 / 193

十万个为什么 / 196

手抄本 / 198

手绢 / 201

水管子 / 204

四环素牙 / 207

塑料凉鞋 / 209

酸奶 / 212

T

搪瓷 / 215

糖纸 / 218

套袖 / 221

替下来的衣服 / 224

挑食 / 226

跳皮筋 / 228

兔皮手套 / 231

W

网兜 / 234

文化衫 / 236

文具盒 / 239

X

西红柿酱 / 242

西装 / 245

洗衣机 / 248

虾片 / 252

小布头奇遇记 / 255

小灵通漫游未来 / 258

幸子衫 / 261

绣花 / 264

一个
70
后女神的
时尚史

宣传队 / 267

Y

演唱会 / 269

英汉词典 / 272

英文金曲 / 275

友谊商店 / 278

元宵 / 281

月份牌 / 283

Z

展销会 / 287

蘸水笔 / 290

自行车 / 293

做头发 / 295

铸铁锅 / 298

阿尔巴尼亚针

一针变化四行完成一朵花，排列起来，像一排一排浮雕的小辫，倔强地扭来扭去，立体、有型，所以特别适合应用在毛衣领口、胸前，和其他针法一起组合成复杂的条形、菱形图案。我正在说的这个东西叫阿尔巴尼亚针。

除了我的编织启蒙老师妈妈之外，周围似乎已经没有人记得世界上还存在过这样一个名词了。阿尔巴尼亚，亚德里亚海边那遥远的国家，就因为一种编织针法，不由分说、缺乏考据地植在我的记忆中。

上大学时，一位男生有件浅驼色的 V 领毛衣，衣身充分展示了编织者高度的组织能力：菠萝花、凤尾花、玉米花、鱼骨刺针，当然还有阿尔巴尼亚针，各种针法不可思议地组成了一幅完美的图案，洋溢着富足、宁静的气息。因为喜欢他这件毛衣，我经常跑去男生宿舍和他说话，好不容易才忍住摸摸它的冲动。大学毕业后，他成了我丈夫。

婚后，我在婆婆家看到一个靠垫，外面套着一层熟悉的浅驼色毛衣外罩，问起先生他那件毛衣的去向——"我姐姐织的，早就拆了。"如此轻描淡写，他怎么想象得出它当年带给我的波澜起伏呢。

20世纪90年代初，去美国的必经之路——托福考试轰轰烈烈之时，柳南出现了太原第一家"美国加州牛肉面"，虽然多方考据说它跟美国、跟加州一点关系也没有，可一点也不妨碍逛街逛累了的人们走进店里，要一碗加了大块红烧牛肉的中国面条，就像大多数中国人并不需要知道阿尔巴尼亚处于历史书上反复提到的巴尔干半岛上，就可以将一种好看的针法命名为阿尔巴尼亚针，并在编织史上长盛不衰。阿尔巴尼亚针、古巴糖、伊拉克蜜枣、朝鲜电影，这些已经模糊的名字，记录了我们曾经拥有过的亲密关系。

电视剧《梦开始的地方》的片头，缓缓的音乐中，主人公们在大雪纷飞中踏雪而来。在这个讲述部队大院年轻人的怀旧片子里，男女主人公曾经一边弹琴一边唱着毫不浪漫的歌："赶快上山吧，勇士们！我们在春天里加入了游击队……"歌曲来自阿尔巴尼亚电影《宁死不屈》。

20世纪六七十年代，阿尔巴尼亚电影几乎就是进口电影的代名词。而《宁死不屈》中的女主角米拉甜美又坚贞的形象，进入了无数中国少年的梦里，比如姜文，比如叶京。

阿尔巴尼亚共和国的缔造者霍查和西哈努克亲王一样，都是当时广播中听到最多的"中国人民的老朋友"。为迎接霍查，大寨群众特地排练了热烈的欢迎仪式。预演时，群众队伍里传出整齐的"嗯嚓嗯嚓"声，整个笑场了，欢迎仪式只得作罢。

"海内存知己，天涯若比邻。中阿两国远隔千山万水，我们的心是连在一起的。"歌里所唱的时代远去了。2009 年年底，在新闻中看到阿尔巴尼亚和许多东欧、南欧小国一样，在备受挑剔、指责和屈辱后，被批准加入欧盟。这是世界另一端、遥远的事了。就像走在路上，看到一张似曾相识的脸，会惊讶地想起：这个人，竟然就是那个我们曾经海誓山盟，约定分分秒秒在一起，生生世世不分离的人。

阿廖沙的面包

如果非说我们这一代人也接受过学前教育，那一定是指说我们曾经熟读《小朋友》杂志。除了美好的社会主义理想，还有一个重大主题是已变成"苏修"的苏联人民生活在水深火热之中。苏联小朋友一律叫阿廖沙，原本过着无忧无虑的日子，有一天半夜父亲突然被克格勃带走，从此阿廖沙孤苦伶仃，只能吃面包度日。

面包？这个胖胖的、黄澄澄的、闪着油光的东西，看着怎么也比窝头，甚至比馒头高出一个档次啊。

县城的供销社里不卖面包，所以我无法想象它是不是像看上去那么好吃。第一次见到真正的面包是六岁那年的秋天，姥姥从东北来看我们，带着大米、黄豆、高粱米、花生油，还带了两个面包。

面包从手提包里取出来的时候，压得有点塌，油亮的表皮也裂开了小纹路。姥姥掂量掂量，把面包放进了笼屉。蒸好的面包十分皮实，使劲咬也拉扯不断。即使这样，浓郁的奶香、鸡蛋香还是让我惊觉没有面包的生活是个缺憾。

小学三年级时，全家搬到了太原，我有了一年一度的春季运动会。最盼望的是运动会前一天晚上，妈妈往书包里装吃的，一个面包，一个煮鸡蛋，再往军用水壶里灌满橘子粉冲的热饮。于是运动会成了小学生的嘉年华，卷了角的小人书、方的圆的面包在黑乎乎的小手间传来传去，广播里是千篇一律的"某某班某某同学下定决心，不怕艰难，顽强拼搏……终于赢得了第×名"。妈妈从北京带回来的"义利"维生素面包让我在两届运动会上逞一时风光。

每次闻到烤面包那甜腻腻的香味，都会有深深的幸福感从胃的最底下缓缓升起，填满整个心房，我会很郑重地对自己说："我很幸福。"而有龋齿的人说，这味道"让人一闻就牙疼"。虽然世界是平的，可我们永远无法抵达对方。

自身边有朋友开始自己烤面包，我才搞清楚，原来阿廖沙吃的面包属于欧包，又硬又干，原料只有面粉和盐，像我们的馒头、米饭一样，属于主食。我喜欢吃的甜软面包属于日式面包，面粉里又加糖又加奶油又加馅料，是点心。难怪阿廖沙不爱吃，干巴巴的粗面包要是不抹上一层厚厚的黄油或果酱，不配上一碗红菜汤，真是咽不下去。

一度以为全世界都和我一样，已经步入了"面包已经有了，一切都已经有了"的时代，生活留给我们的问题只剩下——欧包还是日式面包？

在滨河公园的沙滩旁，见到一家三口，母亲一手拉着小孩，一手拿着一个塑料袋，里面装着五个馒头。发现我在注意她，那位母亲把塑料袋扯到了身后，脸上讪讪的。孩子的父亲见状，把塑料袋接了过去，故作从容地大步向前走了。

　　不得不说，面包还是一个问题。

阿童木

第一次去香港，在旺角一间电器行中，整整一面墙挂满了钟表。第一次看到用如此方式展示钟表，我不由得想买一个。最多的是日本丽声，还有美国电影《偷天情缘》里主人公菲尔床头每天早上会放叫醒音乐的收音机，播放的正是片中的插曲 *I Got You Baby*。店员夸我真有品位，说这两个品牌都是全球质量的保证，是上流人士的选择……我突然毫无征兆地拿起了一个卡西欧小闹钟，付款，走人。

谁让这个小闹钟的表壳上画了一个脚底喷火、双臂冲天的小家伙呢!

自从单位有了电视机，出身师范大学的妈妈就开始了对我的"世界名著"教育。她对一个十岁出头的女孩子应该看什么电视节目并拿不准，所以那时候我看过《大卫·科波菲尔》，也看过成年人也难辨是非的《安娜·卡列尼娜》，两个片子给我留下的印象几乎一样：天阴沉沉的，里面的人老是不顺心。

邻居家两个孩子，一个叫芳芳，一个叫华华，和我年龄相仿，只有到她们家，我才能坦然地坐在小板凳上，等待《铁臂阿童木》出现在她们家九英寸的黑白电视机上。

《铁臂阿童木》是中央电视台引进的最早的一部卡通片。机器小子阿童木有一双探照灯般的大眼睛，肉乎乎的胳膊和腿，他聪明伶俐，人见人爱，他拥有七种武器和十万马力，可以上天入地，手臂里藏着机关枪，与比自己大几倍的丑陋的机器怪物作战。他还是比超人更早把内裤穿在外面的超级英雄。

和我同一代的人喜欢拿铁臂阿童木来形容能量极强、似有三头六臂的人，主持人汪涵就被很多人评价为"湖南广电的铁臂阿童木"，汪涵对这个绰号非常认可，他说：铁臂阿童木真是我的偶像呢！

"越过辽阔天空，啦啦啦！飞向遥远群星，来吧！阿童木，爱科学的好少年……"片尾曲伴随着卡西欧电器的广告。这则广告成功地表现了卡西欧计算器的强大功力，导致我在很长一段时间都把报纸上提到的大型计算机等同于掌中的卡西欧计算器。卡西欧是很多中国人知道的第一个商品品牌，是当之无愧的世界名牌，买计算器要卡西欧，买闹钟当然也要卡西欧。

一直以为《铁臂阿童木》是一部最完美、最可爱的少儿动画。现在想来，在这个十万马力的强大少年的生命中，有过屡次被折磨被鞭打被吊在柜子里关禁闭的黑暗经历，更糟糕的是他还曾遭到生父天马博士的遗弃，然后被卖到以屠杀机器人为乐的马戏团。可阿童木以德报怨，努力在人类和机器人之间搭起友好桥梁，并帮助人类同恶势力做斗争。

阿童木会做梦，在梦里，也只有在梦里，他一次又一次看见了站在别墅门口，穿着体面，伸出双臂等着拥抱他的爸爸妈妈。其实一个机器人哪来的家呢？好消息是2003年4月7日（卡通片中4月7日为阿童木的诞生日）那天，日本埼玉县新座市将阿童木正式登记为市民，并发出住民登录证，监护人是他的养父、当年把他赎出马戏团的茶水博士。

八一粉

我上小学三年级那年，妹妹也上学了。学校离家远，所以中午不能回家吃饭。妈妈联系好学校附近的一位奶奶，让我们每天中午在奶奶家吃饭、睡觉。我妈那时候就知道"小饭桌"的价值了。

奶奶很贤惠，每年都要腌一大缸洋姜，又脆又香。有一回我吃得太多，开始不停地喝水，最后终于喝吐了，请了三天病假。

奶奶变着花样做饭，哄我和妹妹开心。有一天中午，刚进屋，奶奶就笑嘻嘻地拿出了一个大馒头，不不不，绝不止晋南手工馒头那么大，至少像我的头那么大（应该没那么大啦，被我的记忆自动修改了）。奶奶把冒着热气的馒头一掰，我和妹妹一人一半。

我还没来得及送到嘴边，妹妹突然拿着自己那半个馒头号啕大哭，一边哭一边说。奶奶听了半天才明白：她不要半个馒头，要一个！

妹妹指着我的半个馒头，哭得上气不接下气。没办法，奶奶只好低声下气跟我说好话，硬让我把自己那半个馒头让给妹妹。没想到，妹妹把我的半个馒头拿到手里，还不依不饶，继续大哭大闹。在奶奶的叹息中，我终于明白了妹妹的意思：她不要掰成两半的馒头，而是要一个整馒头。这下可把奶奶急死了，总共就蒸了这么一个，到哪儿给她再弄一个整的去呀！

我聪明伟大的奶奶呀，小脚在青砖地上转了几圈之后，真的给她变出一个大馒头——奶奶戴上老花镜，穿针引线，把掰成两半的馒头硬是缝在了一起！

我一定是被奶奶的智慧惊着了，只顾看着妹妹傻笑，忘记了自己的损失。

那个馒头不光个头大，还特别白。回到家跟妈妈比划着一说，妈妈说："奶奶一定是用八一粉蒸的，奶奶真舍得。"

所谓八一粉，是指 100 斤小麦出 81 斤面粉。当时常见的是 100 斤小麦出 85 斤面粉，所以叫八五粉，也就是标粉。用标粉擀饺子皮，弹性差，要是不小心，麦麸还会把饺子皮硌出一个小洞。跟八五粉一比，八一粉当然是"白富美"，又细又白，擀皮时能感觉到明显的延展性，擀出来的皮又光又圆，一个小洞都没有。

吃上 100 斤小麦出 70 斤面粉的精粉以后，淡褐色的全麦粉、混合谷物粉绝地逆袭，正像如今的时尚杂志，不再流行雪白粉嫩的西装男，黑且瘦才算富而有闲。

巴厘纱

天气一暖和，衣橱里多了几条棉质印花围巾，带褶皱的面料，松松地在脖子上绕两圈，正好搭卡其色的棉布风衣、平底小短靴。吃饭时，爸爸看着我的新形象，皱着眉头，放下饭碗，说："我怎么看你像个要饭的？"我气得脸都青了："你什么都不懂！这叫森女！"妈妈在一旁打圆场："前两年不是说波西米亚嘛，现在叫森女啦？"她摸了摸我的新围巾，薄纱的米色底子，上面印粉的、绿的、橘色的小碎花，两侧还拼着条纹、蕾丝，让人眼花缭乱。面对崭新的事物，妈妈努力套用着自己熟悉的元素："这是不是巴厘纱呀？"

真的是巴厘纱？这个词有 30 年没听人说了。半透明的，织法稀疏的，贴在脸上软软的，抓在手里不盈一握的，这小清新韩式田园风格可不就是巴厘纱呢！

"阿巴拉古，嗯嗯嗯，阿巴拉古……"1979 年，我还在上小学，学校组织大家看印度电影《流浪者》。浪漫的爱情故事，悲喜交集的恩怨纠葛，华丽的歌舞，高标准的宝莱坞要素保证这部长达 3 个小时的黑白片创下了惊人的票房。电影插曲《拉兹之歌》也随之成为男孩子们见面的问候语，还可以是分别时的拜拜，甚至当街头的小混混看中一个女孩子时还可以用它搭讪。其实电影里的《丽达之歌》要比《拉兹之歌》更好听，可能是因为前者表达的情绪过于朦胧，"美丽皎洁的月亮，他偷走了我的心"敌不过"阿巴拉古"这样的口水歌。

除了流浪者的漂泊感，贵族小姐丽达的纱丽也让人大开眼界，简单的轻纱通过折叠和缠绕展现出婀娜多姿的风情。影影绰绰的巴厘纱就这样进入了中国女性的购物清单，巴厘纱做的短袖上衣虽然没有纱丽那般风情万种，可也部分实现了女性对性感形象的诉求。

那年刮起风沙的春天，我买了一条草绿色的巴厘纱制成的纱巾。

绿是妈妈最不喜欢的颜色。

"那次你怎么没阻止我买绿纱巾？"想起30年前的绿纱巾，我对妈妈的包容感到不可思议。

"那是你考了100分得的，你的钱，你想买啥买啥。"妈妈俨然是掌握着区分善恶的、永恒不变之高级法的大法官，一句话便闪耀出公正及智慧之光。

白衬衣蓝裤子白球鞋

　　刚时髦用电子邮箱时，我费了好大劲儿才搞清楚文件的压缩、解码是怎么回事。事情总要等弄明白以后，才知道它其实很简单。比如上小学时，老师说"明天有活动，同学们一定要统一着装"，这就是一个压缩文件，而每个同学都必须在第一时间将它解码为"二白一蓝"——白衬衣、蓝裤子、白球鞋。

　　升国旗、开运动会、开队会、过六一儿童节要统一着装，扫墓、歌咏比赛也要统一着装。就这最最简单的二白一蓝，当时很多人家都拿不出手。买一套，咬咬牙也不是买不起，可是第二年怎么办？孩子个头长那么快，总不能一年买一套吧。所以左邻右舍孩子们的白衬衣、蓝裤子、白球鞋总在不停地借来借去。幸好每个学校开运动会的时间都不一样，可是到六一儿童节就惨了，谁家都捂着掖着，生怕有人不识相张口来借，又不好意思拒绝。当时还不知道有克隆这回事，只盼着孙悟空拔下一根毫毛，说变就变出来一套二白一蓝。

　　白色的标准只有一个，最多是穿旧了会发黄或者发灰，但一眼看上去还是白衬衣、白球鞋。蓝色就复杂了，浓度不同，而且有的偏绿，有的偏紫，简直可以做一个万花筒。有一回妈妈把她一条穿破了的涤棉裤子给我改了条裤子，磨损的地方都裁掉了，而且把布料的反面翻过来用成正面，所以它完全就是一条新裤子。六一儿童节穿了去学校，老师看着我，张了张嘴，最终没说话。我的裤子的确是蓝的，不过不是藏蓝，而是一种毛蓝，比藏蓝浅，比海蓝深。直到小学毕业，我都硬着头皮穿这条蓝裤子参加各项活动，站在齐刷刷的二白一蓝里，体味着与众不同带来的尴尬。后来小学同学聚会时，才听一位男同学坦白，他总穿他爸爸的黑裤子蒙混过关。

白球鞋是帆布面的，穿不了一天就脏得不成样子。好不容易洗净晾干，鞋面上总有一道一道的黄印。白鞋不就是穿一个"白"字嘛！如何让白球鞋更白？当时流行的秘籍有三：第一种办法是球鞋刷干净以后，用白色的卫生纸把鞋子包好，鞋面固然重要，不过千万别忘记鞋的口边，鞋晾干之后，黄色的印被吸在卫生纸上，鞋就是白的了；第二种办法是往水里兑蓝墨水，蓝是黄色的对比色，根据光学原理，原来的黄就被蓝冲淡了；第三种办法是刷鞋粉，干了以后拍掉，鞋子看上去会比刚买的时候还白，如果粉上得多，或者拍得不彻底，会一边走路一边掉白鞋粉，看上去也很有派头的，这种方法还能把更便宜的绿胶鞋暂时变成白球鞋。

在我们还没学会洗衣服的时候，就先学会了洗白球鞋。洗干净的球鞋晾在见不着太阳的墙角，风吹过，送来肥皂清爽的香味。"到一定年纪，总算明白，美好的事物，好像大部分都在青春时候发生。那天无意中翻出了那双发黄的白色球鞋，依然还有心跳温度。"因为这首《白色球鞋》，我相信陈奕迅和我生于同样的时代，他的香港和我的雁北小县城，一点都不远。

百货大楼

发了点小财的同学甲最喜欢做的事就是憧憬自己成为投资商，先是图书馆、电影院、乒乓球俱乐部，后来又改成银行、保险公司，梦越做越大。股市失手后，他突然务实起来："搞个百货大楼怎么样？就叫红旗商店，要苏联式排楼，就用灰砖，不要太高，三四层楼足够，楼的四个角必须插红旗，所有东西必须放在柜台里，橱窗、展柜要有火炬、长江大桥，墙上要有标语，比如'发展经济保障供给'，要么是'为人民服务'。服务员要穿中山装，顾客来了要问一声'同志，您好！请问您需要什么？'对了，售货员必须戴蓝套袖。"

聚会上，听着他再一次不靠谱的痴心妄想，我难得厚道地没笑出声来。

百货大楼陪着我们一起长大，它先是水果糖、栗羊羹，后来是文具盒、作业本。而在爸爸妈妈眼中，百货大楼就是各色的确良线、竹壳暖壶和搪瓷脸盆。

伴随着每样商品的成交，还有悦耳的"刺啦"声。顾客看好东西，把钱交给营业员，只见营业员把钱和票据卷成小筒，一探手，从凌空的铁丝上拽下一个铁夹子，把纸筒夹住，"刺啦"一声，夹子带着纸筒，沿着铁丝轨道，欢快地滑向收款台。收款员是不向顾客直接收钱的，他从头顶上来自四面八方的铁丝上取下一个个纸筒，收钱，找零，盖章，然后看都不用看，就那么伸手往头顶上一夹，纸筒就被准确无误地夹在了铁夹里，再随手一推，东西"刺啦"一声沿着铁丝轨道回来了。

百货大楼一直是妈妈最喜欢去的地方，20 世纪 70 年代是，现在还是，要买针头线脑、买衣服，妈妈的第一个念头就是去百货大楼。她习惯了那里一楼卖日杂、二楼卖衣服、三楼卖鞋的格局，商店里所有的背心在一个柜台，所有的裤子在一个柜台。她搞不懂现在的购物中心为什么每一家卖的都是看上去一模一样的上衣、裤子，价格却相差百倍。她不看时尚杂志，不曾经受品牌的洗礼，在她眼里背心就是背心，裤子就是裤子，她最多只承认百货大楼出售的商品里"上海的质量最好"。

媒体爆出苹果店有一门独家营销绝技，就是不考察营销人员的销售额，所以全世界的苹果商店都洋溢着一种漫不经心的气氛，其营销核心就是"不给任何人造成压力"。这也叫营销？我们的百货大楼早就是这样了，所有营业员都是一脸的爱答不理、不卑不亢，你问题问得太多她一般会听而不闻，或者干脆用一个白眼来表达经过浓缩的不满。这是一种挥之不去的气质，几乎写在所有百货大楼的史册上，那里的营业员就像美国电影里见多识广、愤世嫉俗的酒保一样冷眼看人，除非你要求，否则他不向你推荐任何东西，他懒得挂一脸假笑敷衍你，懒得把你称为他的姐或他的哥，当然，他更懒得去骗你，他只是在做一份颇有尊严的工作，心里封存着一段灿烂的往事：那些簇拥在玻璃橱窗外欣赏 12 英寸牡丹黑白电视的惊艳表情，那些为买一斤奶糖而排出的长长队伍。

棒针毛衣

20 世纪 80 年代，姐姐上了大学，几乎每个周末都带着新世界的信息回家：学校有人涂黑色的眼影了，宿舍里有人放邓丽君的歌了，中国有人写朦胧诗了，时兴梅花运动服了。

有一回，姐姐用车子撞开门，带着一股寒气进了屋，她的形象让全家吃了一惊：一顶俏皮的豆绿色的粗线贝雷帽，还有一条同样颜色和花纹的粗线围巾——她看上去像个电影明星。

我和妹妹围着时髦得有点儿陌生的姐姐转来转去，忍不住了就轻轻摸一摸，又迅速把手缩回去，姐姐也被大家看得有点不好意思。那顿晚饭吃得特别安静，这套围巾和帽子把我们姐妹三人同时变成了淑女。姐姐提议："你戴上试试？"我摇摇头，它太美了，不是我能拥有的。

周一早上，空气里还留着前一天晚上爸爸炸肉丸子的香气，每次姐姐回学校都会带一饭盒好吃的去跟同宿舍的同学分享。一切都和往常一样，除了——姐姐豆绿色的新行头放到了我的枕边。

那时候的冬天真冷，跑早操时，低头看着呵出的白气在豆绿的围巾上结成水珠，挂在下巴周围，冰凉冰凉。我还知道了这种毛线新织法的名称——棒针。

　　用海鸥洗头膏把棒针围巾洗干净，叠成三折，垫了一张从作业本上撕下来的格纸，晾在炉边。半夜醒来，发现围巾仍然是湿的，一着急，索性披上棉猴儿，在炉膛边搭了一根铁丝，把围巾挂起来晾。第二天，我吃惊地发现围巾变长了，原有的罗纹被它自身的重量完全拉开，围巾从三维变成了瘪瘪的二维。我努力按原来的纹理把它堆在一起，继续晾在炉边上，希望晚上放学回家时它已经恢复原貌——那当然是不可能的事。豆绿色围巾因为我一时疏忽呈现出失去弹性后的老态，仿佛青春消逝，真皮层肌理断裂后形成的皱纹，只能用遮瑕膏来掩饰，永不能逆转。

　　接下来的寒假，妈妈和我去了趟解放百货大楼，买毛衣针。妈妈终于淘汰了越用越斑驳的镀膜铝针，添置了一套高级的不锈钢针。新毛衣针从6号到16号，每副都正好装在一个专门的小塑料袋里。可就算最粗的6号针，也比给我新买的那副木制毛衣针细多了。当然了，我的是棒针嘛！

　　穿过一件高领的黑色开司米羊毛衫，是妈妈从夏织到冬，又从冬织到春才完成的。而我只用了半个月，就完成了平生第一件编织作品——一条白色棒针围巾。"你这一针顶一百针！"妈妈眼看着围巾在我笨拙的手底下长起来，摇摇头，不敢相信这也算织毛活儿。

YIGE 70 HOU NÜSHEN DE SHISHANG SHI

棒针毛衣织起来快，新手的成就感很容易得到满足，而且它那种松松垮垮的气质，不需要合身，所以不必学习织传统袖子时必需的加针、减针，只需先织一个圆筒，再织两个圆筒，往一块儿一缝，毛衣就成了。

就是这种让妈妈看不懂的毛衣，我穿了走在街上，还有人追上来问："你的毛衣真好看，哪儿买的？"

有位邻居说话特别喜欢用格言警句，如果找不到现成的，就自己编。别人给他介绍女朋友，他不喜欢，就很不屑地评价："不会织毛衣的女人不是好女人。"虽然最终让他坠入情网的是一位上得了厅堂、下得了厨房，杀得了木马、翻得了围墙的优秀女性，可他仍然念念不忘妻子有个致命的弱点，把结婚九年来一切家庭纷争都归结于一声叹息："你们不知道，她不会织毛衣啊！"

因为世界上有了棒针毛衣，许多和我一样远非心灵手巧的女性，也勉强称得上会女红了。

上周在超市买土豆，顺便买了新一期时尚杂志，封面模特展示着2011年冬季最潮的单品：皮草雷锋帽，铅笔裤，踝靴，还有一件粉橘色的、高领的、拧着两排小麻花的、粗线织成的棒针毛衣。

"天呐，抢钱啊！"在购物网站上查到这件毛衣的售价——三万四千块。虽然它现在不可以再搭配灯芯绒喇叭裤穿，可就毛衣本身而言，它和我二十年前织的棒针毛衣几乎一模一样，当时共花费：纯毛毛线一斤二两，十二元；另加课余时间二十天。

蝙蝠衫

仿生学是一门有重要意义的科学，人们模仿苍蝇的翅膀制成振动陀螺仪，研究海豚的体形设计潜艇，还因为羡慕鲨鱼的速度而更新了游泳衣。蝙蝠除了向我们展示它出色的回声定位声呐系统，帮助人类发明雷达之外，还曾经启发了时装设计师——我们有了蝙蝠衫。

20世纪80年代，蝙蝠衫突然流行起来——"不管多大官，都穿蝙蝠衫；不管多大肚，都穿健美裤。"蝙蝠衫得名于它的袖子：袖幅宽大且出奇夸张，跟衣服侧面连在一起，双臂展开，形似蝙蝠。

先是去广州出差的人带回了粗毛线织成的毛衣蝙蝠衫，短短的衣身吊在腰胯之间，衣领前后大V，露肤度相当高。再配上同样时尚的健美裤，上宽下窄，上松下紧，这种极具冲突意味的造型成为当时最时髦的打扮。蝙蝠衫袖子太大，没办法罩外衣了，所以中国人第一次把属于内衣范围的毛衣当成外套，堂而皇之穿到了大街上。

到了夏天，蝙蝠衫仍然流行，而且袖幅越来越大，直至发展到展开后袖子几乎能与衣服下摆连成直角三角形，腰两侧与两袖之间凭空堆出许多褶子，像希腊女神的披风，有一种理性的、几何的美感。

当时最重要的流行参考是《大众电影》，上头的明星们穿着蝙蝠衫，涂着黑眼圈，抹着猩红的嘴唇，再配上夸张的塑料彩色耳环，这样的打扮，现在想来，仍然称得上"带劲"。

"吉米吉米！来吧来吧！"1985 年公映的印度电影《迪斯科舞星》主题曲有着典型的迪斯科节奏，它带来了一场迪斯科热潮，把穿蝙蝠衫的热潮也推向了高峰。蝙蝠袖天生有一种翩翩起舞的感觉，因为袖子宽大，跳起迪斯科来，袖子一闪一摆，与舞步相得益彰。

在当年的服装自由市场，几乎每个档口都挂着各式各样的蝙蝠衫，更有路子的店主，还会请顾客观赏一本参考杂志——《姊妹》。这是一本香港出的时尚书，巴掌大小，上面都是美容、服装等内容，我们的流行知识基本上都来自这本书，"蝙蝠衫如何搭配"也是从这儿学来的。香港流行音乐的录音卡带也偷偷流入市场，有一卷录音带的封面印着邓丽君，她穿着薄薄的格子蝙蝠衬衫，头上扎着一条五彩晕染的宽发带，永恒地、羞涩地微笑着。

冰棍儿

到一个陌生城市，如果看到出租车司机相貌英俊、谈吐高雅，不要以为这是一本艳遇小说的开头。经济学家要说的是：赶紧把股票抛掉，这样的人都只能靠开出租车维持生计，可见市场多么不景气。据说每位真正的经济学家私下里都有一套简便易行的判断一个国家或城市经济发展水平的标准，有大学文凭的出租车司机只是其中之一。

不仅是经济学家，其实我们每个人都有一套不可言说的判断他人品行的标准，比如他过马路的步态，点菜时的语气，扔垃圾的手势，面对一只突然跳出来的小猫时的表情……在他还一无所知时，我们已经毫不犹豫地给他打了分。比如面对一根冰棍儿，"哎呀，胃疼。""嗯，不了，对嗓子不好。"不吃冰棍儿的人都很矫情，很溺爱自己，所以分不出很多爱来给别人，这种人显然不适于做丈夫，做情人，甚至不适于做好朋友的丈夫或者情人……哈，如果你不吃冰棍儿，你就已经被我列入黑名单了。

有谁不爱吃冰棍儿呢？红果，三分钱；奶油、小豆、巧克力，五分钱；大雪糕，一毛钱……谁的小时候不是手里攥着几个汗津津的钢镚儿，雀跃着去换取舌尖片刻的清凉和香甜。

推着自行车，车后驮着一个大木箱，卖冰棍儿的人走村串巷地吆喝着："奶油冰棍儿！五分钱一根！"不一会儿，他的身后便聚集了一堆孩子，有钱的高高举着小手，手里捏着钢镚儿，没钱的跟在旁边舔舌头。围的人多了，卖雪糕的人烦了，就会把不掏钱光看热闹的孩子轰开："去去去，回家跟大人要钱去。"

看见有人掏出真金白银，卖冰棍儿的才掀开一层棉垫，打开木箱盖，再掀开一层棉垫，又一层棉垫。孩子们又挤了过来，伸脑袋去看棉垫包裹当中排放得整整齐齐的冰棍儿。

冰棍儿拿到手上，有的孩子图痛快，大口大口咬着吃，眨眼间一根下肚。有的孩子愿意让冰棍儿在手里的时间尽量长一点，一小口一小口嘬着吃。那些没钱而大人又不在家或是大人在家又不给钱的孩子则极度地失落，不甘心地冲着卖冰棍儿的人骑着自行车远去的背影，大声问："你明天还来不来？"

也许他一个人负责的片区太大了，也许他知道这些小顾客的消费能力有限，也许他无师自通地明白"限制是最好的促销手段"，所以虽然每次都生意兴隆，可卖冰棍儿的总是隔几天才会出现一次。

"下午卖冰棍儿的来了。"有一天放学回家，一进门就听说了这个重大消息。

"哪儿呢？"

"我吃了。给你剩了一根，化了。"妹妹从被窝里捧出铝饭盒，揭开盖，里面残留着一层水。

三十几年过去，一想起那整整一饭盒连影子都没见着的冰棍儿，我还是愤愤不平。第一当事人却把它忘得一干二净："妈妈疯了，怎么可能让我吃一饭盒子冰棍儿？"

和妈妈对质，妈妈想了想，笑嘻嘻地承认："有可能，好不容易才来一回。"

那时候《中国少年报》有一个科普制作之类的小栏目，教孩子们自己动手做航模、种花、种菜。有一期内容是如何做冰棍，步骤很简单，原料也容易搞到，可是，我到哪儿找一台冰箱去啊。没冰箱就做不成冰棍儿？我不服气，从图书馆借了一本小制作方面的书，翻到做冰棍儿那一节，上面也白纸黑字让人绝望地印着：冰箱、冰箱、冰箱……

在1987年家里买第一台冰箱之前，我一直锲而不舍地寻找着一种不需要冰箱就能做冰棍儿的方法。

有一种军用口粮，是自加热的，就是拿着袋子捏一捏，等几分钟，就能喝上热乎乎的汤了，原理是袋子里面两种化学元素发生反应，释放出热量。冷是热的反面，所以我坚信这世界上一定存在两种元素，一反应就吸收大量的热，能把水、糖和牛奶变成冰棍儿。

你听说过吗？

病号饭

同学聚会吃火锅，压轴节目是一大碗黄桃罐头。几枚叉子同时准确地叉向汁液饱满、色彩浓郁的黄桃块，最后连碗里的水也被分到各自的小碗里喝了个干净。"知不知道你们吃的是什么？桃的尸体和一碗白糖水。"某同学抱着胳膊，冷眼看热闹。

罐头从来就不仅仅是一瓶罐头。

小时候，妈妈对我们极为严厉。妹妹长大以后经常感慨："要是没生过病，我就觉得我是妈妈捡来的。"只有在发现我们生病以后，妈妈才会在瞬间转化为一个普通的、婆婆妈妈的妈妈，糊涂到连我们是真病还是不想上学假装头晕都看不出来。

她首先要去厂里的小卖部买一瓶水果罐头。如果是我和妹妹病了就买杏的，姐姐病了就买山楂的。把瓶子倒拿在手里，在瓶底轻击几下，瓶盖就能打开了。这时候，妈妈会走到平柜那儿，从侧门里取出一个长柄不锈钢勺，这是吃水果罐头的专用工具。

据说，无论北方还是南方，只要是生于 20 世纪六七十年代的中国人，生病的时候都享受过水果罐头，也知道真正的病号饭还包括一碗热乎乎的汤面。

锅里的水烧开，下挂面，面煮至半熟时加白菜丝、虾皮、香菜，再来一个荷包蛋，出锅时淋上几滴香油。无论在家庭，还是在部队和学校的食堂，病号饭的标准配置大体如此。在我们家，无论哪个孩子，不管是感冒、肚子疼、起水痘、发麻疹，每天都可以享受这样一顿病号饭。充满温情的病号饭会让孩子觉得生病和疼痛并不可怕，虽然天下多数母亲并不了解儿童心理学，可她们天然地懂得什么时候要替孩子"肩住黑暗的闸门"。

一碗热腾腾的病号饭，仿佛医生开出的病假条，宣布着临时的特权。病号饭专供病号，每次只做一碗，不生病的人该吃什么还吃什么。特殊待遇让我每次生病后的饭都吃得特别矫情，一小口一小口细嚼慢咽，仿佛不胜一碗面之重。只有实在病得吃不下，或者明确接收到母亲反复投来的循循善诱的目光时，才很不情愿地把碗递给妹妹。

每次为自己的童年没有得到父母的足够关注而遗憾时，水果罐头和病号饭都能给我很大的安慰：至少我不是他们从垃圾堆捡回来的，也不是从邮筒里取回来的。

那时候细粮供应很少，挂面是母亲到北京出差，从议价粮市场买回来的。而鸡蛋，是当时所有人心目中的全方位营养品，是一个家庭能给产妇、病人和参加考试的孩子的最高级别的温情和鼓励。香油呢，更是要省着用，菜籽油可以拔开纸团做的瓶塞直接倒出来用，而香油只能用筷子头伸进瓶子里蘸一下，在做好的汤面或者拌好的凉菜里轻点一下。前几年第一次看到四川人炒菜时拿起香油瓶直接把油倒在锅里，我吓了一跳：香油还能这么用？到底是天府之国！

我八岁时真正生了一场需要住院治疗的病。陆续有叔叔阿姨来医院看我，之后床头柜上就会多出江米条、动物饼干之类好吃的。妹妹和父亲一起搭厂里的卡车来探望我，每次看到我之后，她都一言不发，坐在床头吃床头柜里的东西，直到被父亲带走。

因为大夫威胁妈妈说我将来会成为一个残疾人，所以那段时间我有幸吃到了医院里最贵的病号饭。有一次晚饭吃蒜泥皮冻，最后一块皮冻掉进了粥里，剩下的时间我一直在扒拉那碗粥，不相信这么好吃的东西就这么消失了。

玻璃板

一间大屋摆着四张办公桌，桌子两两相对，每张桌子上摆放一部老式用号盘拨号电话，一个金属网格的文件筐，一只笔筒，里面参差不齐地插有圆珠笔、钢笔、铅笔、尺子。一个只有在老电影中才能见到的吊扇挂在房顶，吱呀呀地扭动着。

小时候看到的每间办公室都一模一样，不同的只是办公桌上铺的玻璃板，有的和桌面大小一致，有的只有桌面一半大小，不过玻璃板底下衬垫的那块深绿色绒布似乎又一模一样，绒布上同样摆满了相关单位和部门的电话号码以及常用的数据表格。

办公室的玻璃板旧到一定程度就可以拿回自己家用了。长幼有序，大家很自觉地按来单位的时间长短顺序依次等待着。上初中时，我家轮到了一块玻璃板。那年家里新做了家具，刚好包括一件两头沉写字台。

家里没有绿绒布，母亲找出一摞旧挂历，挑出质量最好的那本，把其中一页撕下来，反折成和玻璃板同样的大小。衬底有了，接下来选照片。玻璃板很像如今的照片墙，展示着我们与这个世界的纽带。爷爷奶奶、姥姥姥爷、七大姑八大姨的照片，底下带着不同照相馆的 LOGO，有的还写着日期；天安门、北海的白塔、假山边上一群意气风发的同学，代表了爸爸妈妈让人羡慕的教育经历；当然还有三个孩子襁褓里的满月照，还有"五一""十一"两个节日逛公园时候的全家福。玻璃板底下的照片是用来昭示我们丰满而幸福的人生的。

过节前大扫除，掀起玻璃板想换两张照片时，母亲傻眼了：无论她多小心翼翼，分别从照片的四个角进行尝试，照片和玻璃板都紧紧粘在一起，密不可分。更糟糕的是，因为开头没经验，撕得太快，有一张照片已经成了两截，一半在母亲手里，一半牢牢粘在玻璃板下。第二年，有更多的照片粘在了玻璃板上。没几年，玻璃板上布满了照片，新的终于挤不进去了。狠狠心，把玻璃板浸在大盆里，水从照片和玻璃板之间挤进去，照片模糊起来，依依不舍地与玻璃分离，变回了纸浆。新照片放进去，又粘住，又泡开，反反复复。

到了 1984 年，我们家搬进了楼房，我有了自己的写字台。深褐色的油漆把实木桌子油得光彩照人，油漆的独特气味和木头散发出来的清香混合在一起，宽大的桌面是一整张的厚木板。当然，桌面上还有一块属于我的玻璃板，压着课程表、元素周期表，还有整版的当年最红的电视剧《红楼梦》里金陵十二钗的人物画片，是《辽宁青年》的赠品，漂亮极了。

　　那块玻璃板看起来几乎和新的一样，平整光滑，完全是要与我相伴一生的样子。写作业时不小心画上了圆珠笔道，赶紧用湿抹布擦干净。有一次用刀子裁纸时不小心碰到了玻璃面，我心疼不已，拼命用抹布擦，怎么都擦不掉。后来按母亲教的方法，挤了一段牙膏，耐心地打了一上午圈，终于把划痕磨掉了。没过多久，把玻璃板拿到水龙头底下清洗时摔掉了一个角。再往后，划痕越来越多，还有一条一条的胶带纸印，我竟然都可以做到视而不见——不就是块玻璃板嘛。

　　一位朋友给我讲的故事，让我想起了二十多年前的这块玻璃板。他前几年买了新车，每次停车都特别当心，要有高建筑为它遮阳；要避开大树，以免树胶滴上；远离孩子嬉戏的广场、宠物散步的通道；地址必须在他目力所及范围，以便他随时从窗口观察。现在呢，他的车四个角都有擦痕，副驾驶位的门被栏杆别得凹了一个大坑，他却心安理得。他说自己的心理素质变好了，他太太哼了一声，半天没理他。

不锈钢发夹

女人是不是独自逛街，从她买的衣服上就看得出来。自己挑衣服的女人，四季的衣裳在别人看来都差不多，黑色立领衬衣、黑色西装领大衣、黑色的中袖打竖褶长风衣，为什么还要再买一件黑色的衬衣式连衣裙？可她就是买了，因为它一看就是她的衣服。

为了避免这类事情过于频繁地发生，我有时候会理性大爆发，邀请一位男士陪我逛商店。男人看女人，和女人看女人完全是两回事，他们的奇思妙想每每让我眼界大开。比如，我在这种情况下买过一双亮黄色漆皮高跟鞋，又细又高的鞋跟是弹簧做的。十几年来，我总是把它从盒子里取出来，又放回去，每个时候都不是穿它的时候。不过这些男士也绝非一无是处，比如有时候他们会坚持让我尝试一些新东西。

戴发箍？看着柜台里宽达七厘米的丝绸发箍，我不相信地看着先生：我又不是老天真，能矫揉造作地摆出一副妙龄少女的姿态，我为什么要戴发箍？

浅粉底子深玫红色凸起的波点，满绘着翠绿色与橘红色相间的腰果纹饰。把这条花花绿绿的发箍夹到头上，售货小姐殷勤地递给我一面镜子，一照：天呐，明星哎！

显然，先生比我自己更知道我是谁，宽发箍的超能力让一张普通的脸瞬间焕发出神采。试着像海报上的模特那样把发箍拉下来一点，挡住半个额头，果真如海报上的广告词所说的——"天使的光环"。

差点儿忘了，其实这不是我第一次戴发箍，只不过那时候它的名字不是发箍，而是发夹。一厘米左右的宽度，内侧长着一排小锯齿，可以让发夹稳稳地扎在头发里。因为太窄太细太薄，又缺乏弹性，尽管每次戴发夹时我都紧小心慢小心，还是免不了"咔嚓"一声，好端端的塑料发夹就掰断了。

小学时的一个夏天，回沈阳看姥姥，经常到隔壁人家玩。他家最大的儿子，我管他叫黑舅舅，舅舅是表示亲，黑是因为他的肤色真的很黑。

黑舅舅在铁西区一家大钢厂上班，穿着笔挺的蓝工作服，经常把工厂发的汽水带回来给大家喝。有一次他送给我一个发夹，两头巧妙地向外弯出一个小耳朵，整个发夹就成了一个 Ω。这个亮闪闪的不锈钢发夹，宽度足有两厘米，车着一排旋涡形的花。钢是黑舅舅在车间里攒的废料，花是他自己用车床车的。

我抓住不锈钢发夹的两头，"嘣"的一下把它掰直，再猛地一撒手，发夹立马"噌"的一声弹回来，恢复成原来的 Ω。我不停地试着，晚上睡觉前被妈妈发现了，她把发夹狠狠地抢过去，正准备训我，却遗憾地发现发夹一点儿没被我玩坏。

上班以后，我又回过一次沈阳，印象中光鲜的城市变得灰头土脸，很黑、很高、很帅的黑舅舅也下岗了。妈妈带着我去他家做客，在光线黯淡的客厅里，用一次性塑料杯子喝着温啤酒。知道我在报社工作，黑舅舅问我："那你不是天天都有机会出去，能认识好多人？"知道我不过是天天待在办公室里编稿子，他没再说话。

跟黑舅舅挥手告别时，我心里有点难过：一个出手大方、气吞山河的东北男人，就要在这间黑屋子里日渐老去了。

有位影评家说，《钢的琴》是中国最好的电影。我同意，因为我在电影里看到了我的黑舅舅，年届中年的男人，空有在车间里练就的一身本事，下岗以后卖猪肉、到装修公司当刷油漆的短工，打麻将欠女人的钱，组个小乐队给婚丧嫁娶的人家吹拉弹唱，他们被甩在他们不认识的世界里，英雄末路。

今年春天，老姨从沈阳来太原。在火车站接上她，我小心翼翼地问："我黑舅舅怎么样了？"老姨说："回去上班了！"我高兴得简直不敢相信自己的耳朵。钢厂的生产恢复了，终于，黑舅舅找回了那个给他尊严和体面的世界，我也可以心安理得戴回我的发夹或者叫发箍的东西了。

布拉吉

　　意大利电影大师安东尼奥尼 20 世纪 70 年代曾受中国政府之邀，拍摄了一部大型纪录片《中国》。纪录片的开头便把镜头对准了天安门广场，《我爱北京天安门》的背景音乐中，孩子或者大人站在天安门广场前，请摄影师拍下一张以天安门为背景的留影。

　　我在许多朋友家里都见过类似的照片，天安门城楼一样的高大，广场一样的辽阔，唯一的不同是被拍摄的那个人。我们姐妹三个也未能免俗，照片上的妹妹还有点婴儿时期特有的罗圈腿，姐姐踩着时髦的丁字步，我对着镜头傻笑着，露出了至少八颗牙。

　　到天安门广场拍照，有着和现在新人拍婚纱照片一样庄严的仪式感，所以我们都穿着最好的衣服——布拉吉。

　　布拉吉是俄语"连衣裙"的译音。20 世纪 50 年代，通过电影《卓娅和舒拉的故事》《乡村女教师》，这种开着简单圆领、袖笼宽松、下摆打褶、腰际系带的连衣裙由苏联传入中国，面料一般是棉布，好一点的有人造棉，更高级的是丝棉，图案是碎花或者格子。

　　布拉吉一方面具有进步的政治意义，另一方面又能显出身体的曲线美，所以当时上至在报纸上露面的国家级大演员，下至幼儿园小姑娘都穿着布拉吉，布拉吉也成了汉语中一个最常用的外来词。

"所有的日子都来吧，让我编织你们，用青春的金钱和幸福的璎珞……"王蒙的小说《青春万岁》中那些女中学生，会在义务劳动之后脱下校服，穿着从箱子里取出来的带樟脑味的布拉吉去赶周末联欢会。布拉吉是那个时代的女性以热情和理想编织的梦的衣裳。

20世纪70年代，中苏兄弟般的情谊已不复存在，可布拉吉这个词却留了下来，它仍然是夏天最时髦、最实用的衣服。所以照片上我们三个还穿着布吉拉：妹妹的布拉吉是绵绸的，印着热情的热带花卉图案；姐姐已经上学了，穿着一条素色布拉吉，裙子遮住了一半小腿，明显是打算第二年还要穿的；我的裙子比较特别，上半截是白色的确良，下半截是纯棉格子布，看上去像是两件衣服，而不是布拉吉，事实上它是中国人创造出来的新式布拉吉，因为布料有限，所以用两种布料拼接而成。孩子若是再小一点，用几块布头就能凑出一条崭新的布拉吉。

又过了十年，中国许多城市不约而同出现了一个新时尚——街上流行红裙子。这个大事件在1984年被拍成了同名电影，是中国第一部直接以时装为题材拍摄的电影。后来街上流行黄裙子、八片甚至十六片的喇叭裙、A字裙……

电视剧《金婚》热播时，在公交车上听到两个女孩子在对话。

"蒋雯丽穿的衣服叫'布垃圾'？"

"对，挺好看的裙子怎么叫'布垃圾'？"

"不对，布拉吉就是连衣裙。"中年女售票员听不下去了，主动参与讨论。听售票员这么一说，两个姑娘还挺感兴趣："那为什么不叫'连衣裙'要叫'布拉吉'？"

这个故事可就长了。

彩照

　　自欺欺人，用现在的话解释就是美图秀秀。自从手机装了美图秀秀应用，人忽然变美了，这个神奇的软件帮我们认识到了自己竟然拥有这么美的一面。用美图秀秀的标准来审查以前的照片，不合格率百分百，但最让我不满意的还是满月照，被一团被子裹着，大半个脸都埋在棉被的褶皱里，因为要费劲抬头，所以脸是扭曲的，而且这是张黑白照片，织锦缎被面的花纹模模糊糊，绒线帽的粉嫩颜色根本看不出来。

　　对满月照的不满来自于妹妹，她的满月照竟然是彩色的，有粉色的格子上衣，淡褐色的头发和眉毛，还有红脸蛋、红嘴唇。

　　这些色彩是照相馆的人想象出来的。当时照相馆只有黑白胶卷，冲洗出来的照片都是黑白的。之所以有彩色照片，是照相馆的工作人员根据生活常识，在黑白照片上手工上的色，比如军装一定是绿的，领章一定是红的。妹妹这张照片除了衣服本来应该是蓝的以外，其他都还准确，尤其是一抹鲜艳的正红，准确地填在了嘴唇的轮廓里。

　　姐姐也有一张彩色照片，大概三四岁的样子，穿着黄色的中式小棉袄，两根小细辫，两个脸蛋又红又圆，鼓得闪闪发光，连这颇见功力的高光也是照相馆手工画出来的。

小时候的相册都是自贴式的，底子是黑的，照片是黑白的，唯一的色彩是相角。顾名思义，相角是三角形的，有金的、银的、绿的、红的、黄的，反射着锡箔纸特有的光。相角套在照片的四个角上，背后刷上糨糊，然后粘在相册上。简单的黑白照片因为有了相角的装饰，显得隆重而正式。相角很容易揭起来，抹点糨糊又能黏回去，所以能反复用。

20 世纪 80 年代，我初中毕业，在解放照相馆拍的毕业照相当出彩。母亲看了以后，把底片送到了照相馆，要求洗一张彩色的出来。

于是我也有了一张头发棕黄、肤色粉红、穿绿衬衣的彩照，当然也画着必不可少的红脸蛋、红嘴唇。

如果负责给照片上色的工作人员能够意识到，彩色胶卷和数码相机的时代就在前方，他的使命即将走到尽头的话，也许这张照片还可以更加美丽。

一位邻居在动物园专司照相，家里的第一个彩色胶卷就是他推荐的，叫乐凯。黄色的柯达，绿色的富士，红色的乐凯，是当时的胶卷三巨头，国产的乐凯能便宜一两毛钱。到了星期天，父亲从同事那里借来海鸥 120 照相机，带上一卷乐凯，带全家去迎泽公园拍照。

我上大学时，校长是位数学家，研究的是著名的数论难题"1+5"，后来发展为"1+4"，很难相信这也是一门学问，而且是很深的学问。相比之下南开大学母国光校长的科研题目就很容易想象：如何用黑白胶卷拍出彩色照片。

如今胶片相机和胶卷都进了古董店，数码时代的来临让母国光的工作变得十分荒诞，他致力于毁灭的敌人突然消失了：只要你愿意，无需多花费一分钱，所有的照片都可以是彩色的。

对于文学家和侦探来说，世界上不存在无用的素材；对科学家来说，所有的探索都是人类迈出的脚步。根据母校长的理论，一种新型照相机诞生于航天领域，准确的叫法是：用于航拍的、借助三色光栅、利用黑白胶卷记录彩色图像的照相机。

叉子

　　街边出现了那么多自行车租赁点，让我变得忧心忡忡：这么多自行车，都让人偷了可怎么办？那得多丢人。朋友拿出一贯的乐观派头驳斥我：你还以为是以前呢！

　　她说的"以前"是 20 世纪 80 年代末，那时候她大学毕业，有幸成为当时最热门的行业——外贸公司里为数不多的大学生，外贸就是和外国人做生意，所以她能频频出国，羡煞旁人。

　　"那时候航空公司少，竞争不像现在这么激烈，所以也不讲究降低服务成本，飞机上吃饭用的不是一次性塑料餐具，而是不锈钢刀叉。一吃完饭，空姐过来收拾东西，好家伙，光叉子能丢一半，勺子也丢，我还见过有人往手提包里揣瓷盘子的呢！"

　　此言不虚，我在不止一户人家见过这种细长的不锈钢叉子，把儿上打着航空公司的 LOGO。主人专门把它拿出来让客人用，还得强调它来自于飞往巴黎（或者纽约、法兰克福）的飞机上。出一趟国不容易，所以家里的叉子一般配不成套，成双都难，可就这一把，也足以代表令人艳羡的来自外国的生活方式。

　　这位朋友家里也免不了有这样一把来源不明的叉

子，不过不是从飞机上拿的，"我在纽约待了半个月，住公寓式酒店，能做饭，用的炉子不是煤气炉，而是电磁灶。厨房工具那个全啊，抽屉里一盒一盒的刀叉，擦得锃亮。我看着太喜欢了，就拿了一把叉子"。

朋友那些有关叉子的记忆，既寒酸又温暖，"不知道是空姐睁一只眼闭一只眼，还是航空公司有规定，反正我没见过一个叉子被要回去的。大家都有面子。现在想来，这很可能是航空公司的人性化措施，知道国门刚打开，人们对啥都好奇。损失几个叉子算啥，中国这个市场太大了"。

20世纪90年代初，我第一次去了广州这个中国改革开放的前沿城市，和一家中外合资的五星级酒店的经理聊起来，她回忆：1979年宾馆刚开业时，洗手间的手纸老是丢，刚补一卷，过会儿进去看，又没了。就这么丢了两三年，终于没人拿了。

说话间，这位经理胸前的吊坠一直在晃我的眼。"好美啊！"和一位漂亮女士拉近距离的最简单方法就是不吝赞美之辞。果真，她的眼睛一亮，抓起吊坠，指向大厅里金碧辉煌的水晶吊灯："看到吗？我男朋友是电工。"

慢慢地，从酒店偷手纸的人没了，飞机上的刀叉也没那么稀罕了，坐公交时逃票的人也日渐消失了。跟我们日渐增长的收入相比，这样一笔小小的支出不值得拿荣誉冒险了。

我无须为自行车担惊受怕了。

长途电话

埃及局势动荡之后，很想给一位在尼罗河上开船的朋友打电话，在 QQ 上问一位年轻的朋友："我想打个国际长途，到哪儿能买国际长途卡？"他说："打个破国际电话还用买卡？下载个软件就行了，还一分话费都不用花。我给你发个链接。"

他每天都用这个软件和在加拿大的女朋友延续着电话情缘，怎么能想象出我们曾经连国内的长途电话都打不通呢！

20 世纪 90 年代中期私人电话普及大潮到来之前，打长途电话是一件重大的、颇具仪式感的事：除非你在一个很重要的单位担任一个很重要的位置，否则你要做的第一件事就是腾出半天时间来，然后去邮局。

是的，必须去邮局，大城市的人还能去电信局，北京人还可以去电报大楼。在邮局，要做的第一件事是挂号，就是把你要通话的人的电话号码、名字、预备通话时间填在一个小纸条上，交给邮局的工作人员。

长途电话真的是按长度收费的，这个长度不是通话时间的长度，而是两地相隔的地理长度，越偏远越贵。等你预交了钱，他会朝着一排玻璃小房子一挥手：

"那边！"

这排玻璃小房子就是一个一个的电话间。电话间的大小和几年前街头装的公用电话亭很像，里面也摆着一部电话，不同的是你不能一走进去就拿起电话打，而是需要站在外面等。

可能是几分钟，可能是几小时，甚至有可能是半天以后，终于听到有人叫你的名字了：某某某，3号！

这时候，在其他等待者羡慕的目光中，电话间的大门为你敞开了。你走进去，拿起电话，不出错的话，你要找的那个人已经在那头了。

如果有人告诉你，为了接一个长途电话，还要带着一床棉被和一个饭盒到电信局营业处去等，你会相信吗？这是一位新疆朋友在QQ里给我讲的，他是个严谨的人，说话时也并没有喝醉："你们大城市的电话线是直达线路，所以一路通就处处通。那时候我在阿勒泰支边，金华的父母给我打电话得通过好几条电路转接，这路通，那路又忙，来来回回，一直要等到路路通，多条电路接成一条电路的时候，那才可以通话。大多数时候通话质量不好，听不清就喊来喊去的，很辛苦，所以电话间里才摆着一张木头板凳。没听过有人在这种电话里还能谈恋爱的。"

小时候，我听过妈妈给沈阳的姥姥姥爷打长途电话，即便是这种电话也很少，如果事情不复杂，她宁可选择电报，因为电话显然没有电报那么可靠。等我

自己上大学以后，打长途电话这个问题才变得迫切起来。学校距电信局有 8 站路，公交车的间隔是 15 分钟，所以必须是真有事才会费这个周折，平时我都会等我最好的朋友给我搞账号来。

她是济南本地人，有两个已经上班的哥哥，路子很广。拿着她不知从哪里搞来的单位账号和密码，我俩开始找电话。宿舍一楼倒是有，可是那位总是如临大敌般表情紧张的老太太不让用，就算接电话，也免不了挨她一顿白眼。找来找去，我们钻进了校园东区一个没上锁的大门里，那里一幢三层楼的建筑，一楼的办公室有电话，而且一下班就没人看着了。拿起电话，先拨通长途台 113，报账号，报密码，通过验证以后再报要拨打的电话号码，然后就又开始了漫长的等待。

这个账号和密码可能远不止一两个人知道，所以那个单位很快就注意到了我们的盗窃行为，密码用过几次之后就失效了。几天之后，好朋友又神秘地把我拉进那间办公室，告诉我另一套账号和密码。

毕业以后我才知道，我们去的那幢楼是学校的晶体材料研究所，属于国家重点实验室，是我国研究与发展晶体材料的重要基地。

20 世纪 90 年代中期，某一年当中的最后一天，我结交了一位新朋友，当晚她要给她在西欧某国公干的丈夫打一个新年电话。她并非一个浪漫的人，这个电话本来可以白天打，可考虑到晚上线路不那么繁忙，更重要的是可以享受夜间半价优惠，所以当时钟迈向23点时，我陪她走到了大南门电信营业厅。

她一个人走进了布满玻璃小隔断的营业厅。一个小时后，她出来了，说电话打不通。新年钟声响起时，她站在迎泽大街和解放路的交叉口，哭了。

赤脚医生手册

小时候，家里人一有头疼脑热这样的小毛病，妈妈就拿出一本绿皮书，先看目录，把我们的毛病分了类，再打开内文，探索解决办法。妈妈翻看绿皮书的动作，就和一位写处方的医生一样，让人病得踏踏实实、安安稳稳。

有一回妹妹肚子疼，赖在床上哼哼唧唧不肯起。妈妈侧卧在她身边，一边给她量体温，一边翻绿皮书。翻看绿皮书，分三个阶段：先是科学阶段，病人的症状和书上的描述要一一对照起来；然后是啜泣阶段；最后一个阶段则不可避免地陷入失声痛哭。就像妹妹肚子疼，自然先考虑消化不良，还可能是肚子里有蛔虫，要不就是受凉了。可大学毕业、识得太多字的妈妈不甘心在这里停住，继续往下翻，这时候肚子疼这件看似平凡的事开始危机重重，就像情节激烈的小说，迅速由平淡的日常生活转入高潮迭起，肠梗阻、肠穿孔……如果不及时送到医院，就只有死路一条（当然书上会讲得比较婉转）！

可怜的妹妹只有一个要求：妈，揉揉！于是妈妈含着热泪，以前所未有的耐心开始给妹妹揉肚子。过一会儿，等她烧开水回来，准备再给妹妹吃药的时候，发现床上已经没人了，窗外传来妹妹追打小伙伴的嬉闹声。妈妈擦干眼泪，把绿皮书收回书架上，这本神奇的绿皮书又泯入众书之中。

对于许多中国家庭来说，《赤脚医生手册》是20世纪最温暖的记忆之一。虽然赤脚医生扎根在农村，可《赤脚医生手册》不仅是农村医生的读物，我的同龄人几乎家家都有这样一本"现代家庭之必备读物"。在近半个世纪里，它不仅在极度贫困的时代为解决几亿人的医疗问题立下了汗马功劳，也一直是中国人的全民健康指导手册。在那个时期，它的发行量仅次于"毛选"，还曾被世界教科文组织看中，译成50多种文字在全世界发行。据爱逛书店的朋友说，她曾在希思罗机场见过英文版的《赤脚医生手册》。

好像是阿城的一篇小说，提到两个知青到乡下玩，即将临盆的产妇向他们求助，二人义不容辞接过这个不可能完成的任务。一个负责接生，另一个呢，手捧《赤脚医生手册》，照本宣科。负责接生的急得手忙脚乱，一头大汗，情急之下破口大骂："混蛋，你他妈快点念啊！"

《赤脚医生手册》从常见的咳嗽、呕吐到复杂的心脑血管疾病和癌症，从灭蚊、灭蝇的防病知识到核武、生化武器的防护，从针灸、草药到常用西药，无所不有，简直就是一本"全科医疗医药"宝典。据一位比我年长的朋友酒后交代，这本书的某些页码被他翻得卷了页，看上去特别破旧，"我们那时候没有生理卫生课，而这本书，你知道，它图文并茂嘛！"

在一个自由的、分享的互联网年代，这一幕是多么不可想象！

打家具

20世纪80年代，父母多年没动过的工资突然跳了好几级，有了钱，看着以前的床就觉得小了，以前的方桌也寒碜了。于是，生出了打家具的念头。

先是爸爸妈妈一天到晚说红松、水曲柳，这是木材，托关系转弯抹角在省木材公司才买到的，还有三合板、五合板、纤维板。然后他们又开始议论谁家请的师傅好。爸爸掌管大方向，所以反复强调"南方师傅好"；妈妈负责收集家具的样式，从各家借来家具图，反复对照，拿着皮尺在家里比画。

终于，有一天晚饭时，爸爸宣布："咱家明天打家具。"

第二天，家里多了三个陌生人，一位严肃的中年师傅，还有两位小伙计，拿出整套的刨子架、锯子，开始顶着满头的刨花在院子里忙活。

做家具除了要付工钱，一般还都要管饭，中午饭和晚饭至少要有一个肉菜。有一次，爸爸和妈妈抱怨："工头嫌早饭太简单，我还专门给他们买了榨菜，那可是世界上最好吃的咸菜了。"话是这么说，第二天早上，餐桌上还是多出了一盘切片的香肠。

三门大衣柜上要留出镶镜子的地方，可三位师傅怎么都画不好当时流行的椭圆形。我自告奋勇套用了刚学会的几何公式，画出了一个完美的椭圆，让三位师傅十分敬佩："有知识就是好！"

床、大衣柜、平柜、写字台、餐桌、椅子，所有的家具都做好以后，我数了数，惊讶地发现我们家有36条腿了。几年以后，这个数字逐级升为48条腿、56条腿，增加了沙发、茶几和床头柜。

最后一道工序是上油漆。清漆很容易就在化工商店买到了，可谁来油呢？油漆工的身价很高，爸爸和妈妈怎么算都觉得划不来。刚上大学的姐姐挺身而出，说她有一个同学会油漆。那个星期天，姐姐带了一位男生回来，他少言寡语，可以一整天不说话，只是给家具打磨、上漆，天一黑就走。四个这样的星期天之后，家具全部漆好，摆在院子里散味儿。父亲做了一桌好菜，觥筹交错中，这位会漆家具的男生被再次隆重推出。三年以后，他成了我姐夫。

的确良

　　的确良这个名字似乎命中注定为夏天而生。的确良，读起来有种嘎嘣脆的爽劲儿，好像夏天男生宿舍的水房里，兜头一盆凉水（听说啊），凉到脚心。何况它还真有另一个名字——的确凉。

　　据说流行的标准周期是40年，因为40年前我们刚生下来，我们的父母还年轻，爱赶时髦，所以记忆中的一切都是温柔而美好的，让人贪恋的，值得再现的。的确良，这种最初经历了艰难的科学攻关，从大庆的石油中提取出来的，学名叫作聚对苯二甲酸乙二酯的面料，也会在今年夏天乘坐时光机器重返我的生活？

　　它真的回来了，在王小帅的电影《我11》里。广播里的毛主席语录，窗台上的搪瓷缸子，操场上孩子们吊双杠、撞拐拐，标志着这个故事发生在40年前。11岁的王憨，因为身体挺拔、动作标准，得到了一个神圣的使命——站在台上给全校同学当领操。这个职位需要一件新的白衬衣。"一件白衬衣把全家人的布票都用了，那过年穿什么！不许哭，再哭看我不……"被妈妈粗暴拒绝后，王憨采取了噘嘴、不吃饭、躲在被窝里偷偷哭等一系列手段，终于得到了一块白的确良布。母亲在缝纫机上挑灯夜战，第二天王憨终于穿上了白衬衣。

"大了。"他说。

妈妈把他拽过来，衬衣塞进裤子里，袖子一挽："这不正好了！过两年改改还能给你妹妹穿。"

整个故事围绕着白衬衣展开。为了这件白衬衣，王憨得罪了好朋友，遇到了杀人犯，影片最后他又得到了一件新的白衬衣。站在厂区的小山包上，他怅然若失，一下子长大了。

这是一件高级的白的确良衬衣，因为王憨把它洗了晾在河边的树杈上时，它一点儿都不皱。他穿着它上课、爬山，竟然都没使它呈现出一丝褶皱，这正是的确良最迷人的地方。

不皱有多重要？上学时有位老师讲，他去相亲，坐了一夜硬板车，未来的丈母娘一见他的模样差点哭了。"嫌我穿的裤子皱得一团。哭什么呀，我穿的那叫亚麻。"什么麻不麻的，一夜火车坐下来还不皱得跟抹布似的，哪比得上的确良！

的确良，不易褪色，久穿不皱，而且挺括凉爽，加上买的确良只要一半布票，所以百货公司一进的确良，便有人半夜起来排队，有头脸的售货员还可以享受内部照顾，因此才有小说《新星》中要把一位老师提拔成售货员一说。

邻居有位特别会打扮的阿姨，一进夏天就穿上的确良白衬衣。到了可以穿裙子的季节，她竟然穿了一条白的确良裙子，为防止走光，又套上一层衬裙，走起路来裙角飞扬，真的是仪态万方。妈妈和她的关系一直不那么融洽，我也很自觉地远远地躲着这位阿姨走，可她穿了白裙子真的是好漂亮啊！

这位阿姨身世神秘，似乎没有丈夫，有时候会有一位穿白衬衣的男士来拜访她。当时扣衬衣扣子很有讲究，"一扣子呆，二扣子狂，三扣子不系是流氓"，可这位叔叔穿着敞开三粒扣子的白衬衣，像阿尔巴尼亚电影明星一样帅，一点不流氓。

路上曾见到一位姑娘和对面的男生大声嚷嚷："别说了，你早不在乎我了，你手提电脑的搜狗拼音都拼不出我名字了。"这个证据太直接、太有力了，对方一下子偃旗息鼓，灰溜溜地转身走了。如果说拼不出名字意味着她不再重要了，当你试着打一个"的"字出来时，看看一不小心打成"的确良"的几率有多大。当杂志、报纸上那些好端端的句子里莫名其妙跑出来个"的确良"时，请自动将它还原为"的"字。它之所以这么不合时宜地频频现身，是因为它在我们的生活里曾经扮演了太重要的角色。

的士高

电视剧《假如生活欺骗了你》里，被工作狂丈夫冷落了的女主角程真真，失意地跑到歌舞厅，在红红绿绿的激光灯下，跳起了的士高。编剧显然是用这个镜头来表现她试图用醉生梦死来报复生活的欺骗。

程真真在那里不出所料地遇到了流氓，这让她想起了木讷的丈夫原来还有种种好处。跳的士高的流氓，不跳的士高的君子——在 20 世纪 80 年代，标准就这么简单。

70 年代末 80 年代初，城市的公园、广场、街头等公共场所到处都能看见露天舞会，跳交谊舞的男男女女不过几十个，围观的却有成百上千。当时录音机刚出现，但很少人有，大家就用口琴、笛子、吉他、二胡这些方便随身携带的乐器伴奏。很快，这股舞会潮就因为"盲目模仿西方资产阶级生活方式"而成为被批判的对象。管理部门还下发了《关于取缔营业性舞会和公共场所自发舞会的通知》，要求"公园、广场、饭馆、街巷等公共场所，禁止聚众跳交际舞"。半遮半掩地藏在街道角落里的舞厅，还白纸黑字地发出警告：跳舞请勿贴面、贴胸、贴身。

Disco 出现了，虽然音乐震耳欲聋，激光灯闪得能亮瞎眼，可它毕竟让男人和女人保持了距离，所以很快在默许下得以普及。Disco，迪斯科，在香港被译成的士高，因为用来配乐的磁带《荷东》《猛士》都由香港出品，所以跳舞的人很自然地认为的士高比迪斯科更容易接受，有股子来历不明的舶来品味道。

对大学里的女生来说，的士高最伟大之处还在于它让我们摆脱了被挑选的命运，可以独自上场，独自发挥，独自疯狂。唯一的问题是：如何跳好的士高？

先是找空白磁带翻录《荷东》。和现在的跳舞音乐绝望、残酷的气质迥异，《荷东》的时代是全世界共同的美好年代，表面喧嚣、冷酷，骨子里却是热的、媚的、柔软的、性感的，正如保守的成长环境和突然开放的思想在我们内心形成的强烈冲撞，痛苦而有力。

一盘《荷东》录好以后，在宿舍间借来借去反复播放，直至音质模糊而且不断夹带，然后就会有人再找来新带重新翻录。传来传去的还有大家凑钱买的一本的士高舞姿图解，而这书竟然是在新华书店买到的。

接下来要搞造型。女生要有紧身宽袖的蝙蝠衫，印着英文字母，面料里最好夹上金银丝线，这样在灯光下才格外熠熠生辉；男生要有灯笼裤、高腰回力球鞋。最要紧的是一副无指黑手套，当时自由市场两块钱一副，讲讲价可以一块五给你。

年轻时，我们都想一出场就是成名英雄，所以练习从来都是秘密的，宿舍里，桌椅移开，腾出三四平方米的空间，放开音乐开始摇摆，翻腾。因为空间小，所以宿舍版的士高有一个特点，动作幅度小，强调的是脸上陶醉、迷幻的表情。

当年留长发、穿喇叭裤被称为小流氓的少男少女们，如今都已步入中年，看到现在的孩子在广场上炫街舞，听到选秀场里节奏铿锵，即使坐在深陷的沙发上，即使腰肌劳损，腰上缠着救生圈一样的赘肉，也会条件反射般地摆动几下，只是动作里再也没有那心跳的速度，脸上没有了汗水流下时那腼腆羞涩和一往无前的笑容。

涤卡

　　"涤——卡",涤即涤纶,卡即卡其布,前者指成分,后者说明织法,全称是涤纶卡其布,简称涤卡。纳博科夫写《洛丽塔》,舌尖由上颚向下移动三次,到第三次再轻轻贴在牙齿上,就发出了"洛——丽——塔"这样美妙无比的音节。而涤卡两个字,无论在哪种方言里,读起来都铿锵有力、掷地有声,仿佛涤卡制成的衣服怎么揉都不走形。

　　曾经,纯棉老粗布可不是什么品位和生活品质的选择,相反,它代表着落伍和土气,染色不牢,容易缩水起皱,用不了多久还会被磨得特别薄,然后从此撕开一个不可救药的大口子。而化纤,则是时髦的新东西,平滑挺括,气宇不凡。事实上,涤纶这种东西确实是 1941 年才在英国的实验室里合成的。到 20 世纪 60 年代末,涤纶纤维在我国试制成功,涤卡做的裤子、中山装在中国成了撞衫率最高的衣服。运动式短发、两用衫、涤卡长裤、丁字襻平跟猪皮鞋塑造了 20 世纪 70 年代最为时髦的女性形象,只有穿四个兜涤卡中山装的男人才能和她们等量齐观。

　　涤卡布八毛多钱一尺,棉布三四毛钱,听上去涤卡属于奢侈品，事实上，很多主妇天然地懂得性价比这回事：首先，涤卡属于料子，给人长面子；第二，比起棉布，涤纶更结实，简直一辈子等不到它穿坏那天，衣服做大点，老大先穿，大的穿不了了，退给老二穿，老二穿不了了，退给老三穿，这时候，涤卡衣服看上去还是新崭崭的。在一个布票甚至精确到了半寸的年代，一个主妇舍得多买几寸的，大概只有涤卡了。

　　初二那年春节，母亲借来一副纸样，同比例缩小，为我做了一件中长纤维的两用衫。我以为这个词和笤帚、西瓜差不多都属于口语化的表达，现在写下来，才意识到它完全是按科学规则构成的单词，因为涤卡是按长纤维、短纤维分类的，中长纤维是其中一种。这个误会等同于我小时候在雁北小县城生活时，把天花板叫仰尘，来太原以后发现这话太土气，就用顶棚、天花板代替了它。大学里上古汉语课后才知道仰尘不仅不是土气的方言，还是很古雅的文言文，是唐朝时候的书面语，现在日本人还在用。

　　用中长纤维做成的新衣服很合身，前后四道掐腰，还做了新款的大贴袋，而不是老式的斜插口袋，颜色呢，是很难描述的一种粉，现在知道它叫"Dirty Pink"，勉强译为脏粉，属于既女性化又非常含蓄文雅的颜色，和涤卡塑造的硬朗相得益彰。

　　新学期开学，穿上新衣服的我觉得自己如此光鲜，不免有些害羞。那件粉色的涤卡上衣构成了记忆中一个幸福的春天。

两年之后,我和妹妹同时开始疯长,这件衣服被妈妈无比遗憾地送给了沈阳的表妹,而它看上去仍然有着我初穿那天的娇美。

在那个年代,涤卡像道福音,撕掉了我们身上的补丁,结结实实地照亮了我们的生活。

地雷花

　　我们总是用熟悉的事物来解释陌生的事物。拼音出现之前，中国人就是用这种方法来为生字注音的。缓，不认识吧，胡管切，就是取"胡"字的声（h）、取"管"的韵和调(uan)，然后拼合而成（huan=h+uan）。这种方法的前提是你认识"胡"和"管"在先。一种花被命名为地雷花，是因为我们熟悉地雷在先？真让你猜对了。《地雷战》是我们小时候电影院反复上映的经典电影，还有同名的小人书，所以我们都知道地雷长得什么样。

　　有一个春天，坐在院子里写假期作业，我突发奇想，要把屋子前头的煤池子改造成一个花池子。那年家里买了蜂窝煤炉子，以后都不烧煤块了，煤池子成了杂物堆。跟母亲商量，母亲听了不置可否，由我折腾的意思。那个星期天把我忙坏了，杂物处理掉，砌煤池子的砖一块一块拆下来，露出一块长方形的黑乎乎的地。我举着母亲刚从商店买来的一把军绿色小铁锹，先把锹头插进土里，然后用穿着胶鞋的脚使劲踩住锹头的一个肩，使劲往下蹬，感觉到锹吃上劲了，再往水平方向蹬一脚，满满一锹土就被翻起来了。那时候小学高年级的学生都要在学校打煤糕，所以人人都会用铁锹。而且当时农村和城市的边界没现在这么分明，离家不远就有人在地里干活，翻地的动作就是这么看来的。

我撒下的第一包种子是从邻居家讨来的地雷花。一个个黑黝黝、圆滚滚的小地雷，浑身布满规则排列的小疙瘩，太神奇了，太不可思议了，居然还有这么像地雷的种子。

就是这捏在手里硬得跟小石子似的地雷花种子，没几天就冒出了左右相对的两个叶瓣。到了夏天，每个傍晚都会开出黄色、红色的喇叭状的花，颜色那么浓艳，花瓣却单薄得像一层纸，一撕就破。到了傍晚，站在花池边，我看到花喇叭中间伸出的长芯，也见过了花未开时，它跟火柴棍一般直立的细瘦，开败了，又重新变成一根火柴棍，只不过头是垂下去的。

自己种地雷花以后，我学会了母亲教的"仔细观察生活"。不管到哪儿玩，都会看看人家花池子里种什么花。要是有谁家的地雷花有我没有的紫色或者条纹状的双色，就惦记上了，到结籽时我一定会偷偷钻进他家花池里摘上几包。

第二年，我家花池子的地雷花颜色特别全，结果时还有邻居跟母亲来讨种子，让我很是得意了一阵子。

搬到楼房以后，花池子没了，我再没种过地雷花。虽然家里堆着好几个空花盆，可还是觉得那么恣肆的花是一定要长在地里的。

　　汪曾祺的《人间草木》是一本专门写花鸟鱼虫的书，其中有一篇写晚饭花的，汪老以晚饭花自喻，给自己一本集子取名《晚饭花集》，还用了一大段来描写这种低贱的花。晚饭花的名字乍一看很是眼生，但读完他的描述后，才恍然大悟：原来您也喜欢地雷花啊！

电影院

妈妈说《泰囧》比《人在囧途》好看。怎么会呢？《人在囧途》多质朴，所有的桥段就是要让徐峥倒霉，取消的航班、断掉的公路桥、拧掉的水龙头、走错的房间，哪像第二部，非要生硬地讲一个人生道理，而这个道理简单得无需任何解释。可妈妈坚持说就是这第二部好看，"这个电影是你姐带我去西单看的IMAX，第一部在你家看的，看不懂"。

家里有个投影仪，打到对面墙上的电动升降银幕上，图像少说也有三米宽，拉上厚窗帘，还不跟电影院一样啊。可妈妈在我家硬是一部片子没看懂，她说，她只有坐在电影院才能看明白电影，在家看不真。

说到方便，再好的电影院也比不上自己家的沙发，窝在里面，吃吃喝喝，想看看会儿，困了睡会儿。要说全，哪家电影院也比不上宇宙般无边无际的互联网。可我们为什么还要去电影院？美国电影《偷天陷阱》，我先在家看了盗版DVD，觉得肖恩·康纳利作为一个白胡子老头，可真有魅力。后来在西安一家电影院的大屏幕上才发现，走在马来西亚双子塔底下的凯瑟琳·泽塔-琼斯，穿的那件卡其色外套，竟然有那么美的钩花，那么耐人寻味。

小时候，妈妈带我去看朝鲜电影《摘苹果的时候》，看到屏幕上出现了又红又大又亮的苹果，我开始吵，非要拿一个吃。眼看着吵闹半天一无所获，我索性坐在电影院里大哭起来，妈妈怎么哄都没用。明明摆在眼前的苹果怎么就是假的，怎么就不能吃？

那时候的电影院都有一个非常健康向上的名字，比如建筑工人俱乐部、工人文化宫，不演电影时就是一个空荡荡的巨大礼堂。为了容纳更多的观众，往往设计成两层，观众按单双号从不同的门走进去，找到自己的木板座椅，胳膊搭在灰色的铁扶手上，面对着紫红色的丝绒幕布，等待电影开场。

上小学时，学校经常组织我们看一些健康的、有教育意义的片子来陶冶我们的情操，五分钱一张学生票，不许大声喧哗，不许到处乱跑，不许乱扔果皮纸屑，看完还必须写一篇观后感，但电影仍然是一个听故事的好地方。

20 世纪 80 年代末，我还在念大学，有位男生写信给我，说太原新建了一家特别好的电影院，他要等我暑假回去一起去看。因为录像厅能轮番播放最新的港台片子，所以电影院生意很不好，因此相约看电影就有了一种特别的意义。结果，那个假期我因为帮语言课老师归纳港台普通话和内地普通话的不同，耽误了回家的时间。结果，见到那位男同学时，他身边已经有了一位女友。我失去了去这家高级电影院看电影的机会，而且是不可弥补地失去了，因为它没多久就消失了，它的名字叫九仙艺苑。

美国大片《真实的谎言》在中国创下一亿元票房，我们见证了大量的车辆、军火设备，甚至"鹞"式飞机和导弹，见证了电脑合成技术，见证了院线的兴起，与之配套的是原来的大剧场被分割成越来越豪华的小放映厅，坐在扶手可以收缩的软沙发上，吃着比外面贵好几倍的爆米花，看电影重新成为恋爱男女的必修课。

就连妈妈也懂得去电影院的好处，坐在黑暗之中，不用织毛衣，不用去看水开了没有，不用管狗把它黑乎乎的棒球滚到了哪个柜子底下，只有进了电影院，一个家庭主妇才能专心致志融入别人的生活。

FOLLOW ME

　　网上新推出了追"MM"公式，还冠以麦克拉伦、斯密顿这样在科学史上威震八方的名字，据说是加州大学某个分校的研究小组搞出来的实验结果，看一遍就知道无非死缠烂打、欲擒故纵老一套，白花了纳税人的钱。不过他们倒是证明了一点：人类对真正困难的事总是心存幻想，希望找到一个放之四海而皆准、一劳永逸的办法来解决。

　　比如身为一个中国人，如何学好英语。

　　1981 年，英国人凯瑟琳带着她的英语教学节目 *Follow Me* 来到中国。那时的北京，清晨充满着上万辆自行车铃铛的合唱，在凯瑟琳听起来就像"动听的音乐"。*Follow Me* 是英国广播公司（BBC）20 世纪 70 年代末对德国观众推出的一档英语教学节目，没想到大受欢迎，于是推广到很多国家，包括中国。

　　妈妈从每天早上的《新闻和报纸摘要》里注意到，美国人不再是"美国鬼子"了，高考要计算英语成绩了。一向马虎的妈妈竟然由此判断出中国社会发展的大方向——改革开放，于是她果断决定带领着我们去拥抱新中国第一轮英语潮。

那一年，妈妈单位买了一台 12 英寸的彩色电视机。每天晚饭以后职工们带着孩子陆续来到会议室，排排坐，看电视。自从 *Follow Me* 开播，妈妈便厚着脸皮掌握了电视的节目控制权，一吃过晚饭就风雨无阻把我带到会议室，坐在第一排，等着风度翩翩的弗兰西斯出现在伦敦地铁口。待他走进办公室，马上有金发碧眼、婀娜多姿的女秘书迎上前来，为他递上一杯热咖啡。本来其他同事很反对妈妈对节目的专制，但后来纷纷承认，他们慢慢喜欢上了这个节目，不是为了学英语，而是因为能从里面看到传说中的西方世界：黑色出租车、伦敦塔桥、希斯罗机场、红圈蓝杠的地铁标志，还有儿童画报上才能见到的大片绿草坪。

那年我刚上初一，学校里开了英语课，从字母表 ABC 开始，然后学会了第一个单词——坦克，后来又学了拖拉机、学生、工人、农民、士兵，和 *Follow Me* 是完全不搭边的两个世界。

大半年电视看下来，我真正从 *Follow Me* 学到的只有两句话：Follow me，还有 I'm sorry。妈妈果断决定改变教学方法，不 *Follow Me* 了，改《英语九百句》。

淡绿的封皮，32 开本，商务印书馆 1978 年版的《英语九百句》，不足 200 页，900 个常用句型，被初学英语的中国人奉为圣经。曾经在书店工作过的朋友回忆说："那是我上班三十几年来最畅销的书，买书的人都快把柜台挤塌了。"

连收音机的销量都在猛增，特别是短波收音机。当时录音机尚未普及，而有 FM 的短波收音机能收到美国之音播出的《英语九百句》。

拿上《英语九百句》，母亲给我算算术：一天学一句，用不了三年就全学会了。第一天，一口气背了十个句型，无非是 "How do you do" "Thank you"。晚上躺在被窝里复习，不无惆怅地想：才 900 句，这哪够我学的呀！

在这股学英语的大潮裹挟下，我用一个月时间背会了 70 多个句型。这时候人们又说了：谁还学《英语九百句》呀，都改学《许国璋英语》了。果然，电台的黄金时段开始播《许国璋英语》。后来又有了张道真的《实用英语语法》、薄冰的《英语语法手册》。我和妈妈一个接一个追，每本书都只来得及看前面十几页，又忙不迭地追下一个去了。

高二那年，《新概念英语》上市。我开始了和这本书死磕的人生。中学毕业时，学完了四册里的一册半。上大学以后，才知道人家都开始托福了，那我也跟着争取托福 100 分呗。后来又有了 GRE，据说比托福还正宗，于是我手里的书又换成了《GRE 必考 3000 单词》。一节外语课上，老师突然发话：其实《新概念英语》对你们这个程度来说，是最实用、最地道的英语。我赶紧从弯路上走回来，重新学习《新概念英语》，差不多又学到第二册中间的时候，我毕业了。

　　随后的二十几年里，隔三岔五，我就会被一阵突如其来的学英语冲动鼓舞着，把《新概念英语》拿出来重新学习。仿佛被下蛊，每一次的学习大计总是在进行到第二册中间部分时戛然而止。

　　通过微信朋友圈，参加了一个英语学习小组。上课了，老师拿出课本，我的妈呀，还是《新概念英语》，又是第一册第一课……这次我就不学了，学得都恶心了。

凤仙花

在美国留学几年下来，陶子很有深意地说："有车的女孩子不容易交男朋友。"同理，住青年旅馆、搭公交车也比住星级宾馆、叫滴滴专车有更高的艳遇指数。一个夏日午后，为了保持自己好不容易掌握的城市生存能力，我跳上了一辆电车。细长的铁匣子中，大家绷着脸，电子元件般委屈在一起。突然，眼前闪出一只娇小的手，美滋滋搭在扶杆上，精巧的无名指染着淡红色，有一种纯洁的娇艳。不一会儿就有一个男孩子走过去："我去五一路书店，坐这趟车没问题吧？"

下车时，看到男孩子已经拿出手机，在扫女生的微信二维码了。我不禁大笑：世上有多少纤纤玉指，就有多少颗驿动的心！正如指甲花在枝头开放，就意味着将有点点滴滴的猩红涌上指尖。

上小学时，厨房前面搭了个花池子。一进六月，花池里的凤仙花粗壮的、嫩红的茎和一片片细细的、嫩绿的叶间，就开满了繁茂鲜艳的花。每朵花的头、翅、尾都翘翘的，母亲非教我说它像凤凰，也可以吧，事实上我看它更像蝴蝶。把一朵朵花瓣摘下来，放在碗里，用捣蒜的杵子捣烂，从厨房找来明矾，混在一起，涂抹在指甲上，再跑到后院掐一片旱麻叶，像包粽子一样把指尖裹起来，第二天指甲就带上了淡淡的粉红。古人称之为"一夜深红透"，其实必须如此这般三五次，指甲才能由浅红变成鲜红。

女孩子们开始交换凤仙花的种子，还有染指甲的经验。这样过了一个夏天，院子里的男孩子和女孩子便分了堆，红指甲让女性身份得到了确认。粉红的指甲整天在眼前闪呀闪的，让我觉得自己像个白雪公主，走在玻璃纱的裙摆里。

住上楼房，花池消失了，染指甲的经历也告一段落。再涂指甲油，已经是上班后，不光是红色了，咖啡色、金色、深蓝、黑色，涂上以后举得远远的，假装用别人的眼光欣赏着。虽然指甲油无一例外都散发着呛鼻子的浓烈味道，而且很容易花掉，可必须得承认它的颜色比凤仙花确实丰富多了。

涂指甲油是奢侈生活的符号，意味着她是不必做家务的主妇。如果你用涂着指甲油的手去洗碗，悲剧就来了，指甲上残缺的色彩会明白无误地给你标上"邋遢"二字，而这两个字是任何女人都担待不起的。如果你看到一个亲手做家务，却涂着完美指甲的女人，一定要向她致敬，要知道她必须在做完每件家务之后，先把残缺的指甲油洗去，再重新涂抹。她在多么辛苦地经营着做美人这番事业，而且卓有成效。

弗洛伊德八字

"有人差一点就破解了上帝的秘密,他激怒了上帝,于是他死了。"1984年,我第一次从同学那儿听到了弗洛伊德的名字,他用于破解秘密的书,叫《梦的解析》。

为了能和这位同学站在同一个平台上用欲望、冲动、潜意识、恋母情结和令人脸红的力比多来对话,我排了两个月的队从妈妈单位图书馆借来了《梦的解析》,这是一本白封皮内部出版物,台湾出的中译本的影印本,留给我的借阅时间是一个星期,因为后面还排着一条更长的队。

即便是跳着看,一个星期我也没能把这本书翻完,每个汉字都认识,可它们组合的方式太难懂了,梦的显意,梦的隐意,意识,前意识,潜意识,原发过程,继发过程……得把这些术语都明白了,才能搞清他说的是什么。厚厚的像砖头似的一本书,又充满思辨、推理和论断,我觉得自己永远也看不完它。

幸好,我认识的多数人也都和我一样,仅仅从书里学到了一堆新名词,而且我们光用这些名词加上自己的臆想就可以进行顺畅的沟通,并立即用来解释实际的生活，所以《梦的解析》就被我们完全当成了关于解梦的学说，"所有的梦都是有意义的，梦是通向无意识的康庄大道"，可唯独那些有蛇、有水、有舞蹈的梦，才被我们称为"好梦"，因为它们都是在弗洛伊德眼中特别意味深长的梦。

弗洛伊德的书虽说是当年最流行的读物，不过，它的流行范围还是一个以大学为中心的小圈子。接下来的血型分析，才是一次真正的全民狂欢。许多杂志的最后一页，都印着关于每种血型的特征，比如 A 型的完美主义、B 型的冷僻、AB 型的艺术气质和 O 型的博大胸怀，并很肯定地替他们预测对应的工作和感情方式。在一次体检之后，发现自己竟然属于亚洲人里最大众的 A 型血，这让我深感失望：为什么我是沉闷、心思细密、极力压抑自己、无法信任别人的 A 型，而不是《血疑》中的幸子呢？人家可是罕见的 RH 阴性AB 型。血型论让我们开始对别人品头论足，并把他们的幸或不幸，甚至穿衣打扮的风格都视为血型的产物。

上大学以后，一位胶东女生被全体女生周期性地顶礼膜拜着。她有一本巴掌大的油印小册子，据说是她奶奶传下来的，记载着每位女性每个月周期开始的日子对应着的不同命运。有一次，她坐在上铺，坚定地告诉我，我会在本月得到一份礼物。那个月底，为了实现她的预言，我只好给一位男士写信，婉转地把这个预言转达给他，于是我很快得到一条宝蓝色的真丝大方巾。

离开校园的最大损失就是丧失了学习新知识的环境，所以女同学的神婆地位很快受到了办公室一位小姑娘的严峻挑战，谁让人家出了一本有关星座的出版物呢，正规的出版社，还有名人作序。何况，有谁不喜欢把自己的命运和遥远浩瀚的宇宙联系起来呢！

任凭古今中外各种哲学、心理学泛滥，我有一位好友却能矢志不渝地坚信一种解释世界的理论——《周公解梦》。她每天早上醒来第一件事，就是抓过床头的《周公解梦》，生怕刚才的梦随着洗手间的冲水声永远流逝，"人做梦和清醒时用的是不同的半脑，所以我得抢在它们交替工作前把梦回忆一遍"。

据考古学家说，原始人类并不像现代人想的那样，每天只顾填饱肚子。比起讨生活这种庸俗而日常的目的，他们更关心的主题是如何认识自己，认识自己和上天的关系。

上有星座，下有金木水火土，身体里有血型，虚拟空间有弗洛伊德和周公的梦境，再辅以出生时辰，我们为自己建立了一个多维立体信息网，为的也不过是一个问题的答案——"我是谁？"

港气

一个人是不是时髦，要看她词汇表的更新速度。上班的衣服不是工作服，是通勤装；衬衣上满是刺绣，那是重工；新婚的同事盘起了长发，叫花苞头；过时的衣服，以前说是土气，后来是 OUT，现在叫臭大街了；说一个人跟时尚保持了零距离，去年说那叫 IN，今年改说潮，再以前，叫港气。

港，即香港。港气，就是香港的气息、气质、气度。20 世纪 80 年代，翁美玲在《射雕英雄传》里露着小暴牙狡黠一笑，许文强在《上海滩》里披黑风衣扮这个杀手不太冷，苏芮梳飞机头、戴白色塑料耳环、穿抹胸裙在激光灯下唱《酒干倘卖无》……那是一个从香港来的一切都那么新潮、那么有冲击力的时代。于是，好看的、时髦的东西，开始被称为"港气"。

"让我去花花世界吧，给我盖上大红章"，可去香港的章多么难盖，除非你从事外贸工作或者家里有海外关系，否则香港就和美国一样遥不可及。

去不了香港，去离得最近的广东闻闻味儿也行啊。那些年，去广东开会是单位最抢手的美差。当时广东一些单位很重要的接待任务，就是陪内地来的客人去深圳、去沙头角、去中英街。想办法给每位客人搞一张《边境特别管理区通行证》，兑换到足够的港币，陪他们到中英街狂购一番，这才是一次圆满的广东之行。

中英街很有可能是世界上最短、单位面积承载的历史信息却最为丰富的一条街。这条长约 250 米、宽不足 4 米的小街曾经连接着两个看起来完全不同的世界，但是在我一位邻居的记忆里，这个被称为"一街两制"的地方只是一段疯狂购物的经历。

有位邻居从深圳出差回来，全院老老少少都聚集到他不满 30 平方米的房子里，参观他买回来的香港货：金项链、金戒指、电子表、长筒袜、力士香皂、傻瓜照相机、电动刮胡刀、方便面，还有一个小巧可爱的电饭煲。

按包而不是按双卖的长筒袜和十元钱的力士香皂（装成一个长条，一条有五块香皂）很快被一抢而空，邻居是位单身男青年，显然还不擅长接待如此众多的顾客，手忙脚乱，零钱掉了一地，可人们还是不停地把钱往他手里塞。

接下来要抢的是电子表。母亲为我和姐姐一人抢到了一块手表，每块表两元钱。那是我的第一块手表，红色表盘，金属表链，中间显示数字，随着时间流逝，数字在不停地闪烁跳动。戴手表的中学生在当时很稀罕，何况是电子表，这让我在同学中很是风光了一阵。妹妹得到了一支当时被称为"电子笔"的圆珠笔，明亮的金属杆，造型纤细优美，她拿在手里吧嗒吧嗒不停地按，害得这支笔没到晚上就寿终正寝了。

　　等人散得差不多了，邻居又从蛇皮袋底下翻出了宝贝，那是几块尼龙布料，有两米半的还有两米三的，最贵的二十元一块，剩下的都是十元八元，妈妈一下子要了五六块。这些布料很快就变成了我们的花裙子。尼龙面料很垂很重，做成裙子抖抖的，非常漂亮。夏末的傍晚，小胡同两侧站满了乘凉的人，母亲骄傲地走着，收获着无数的赞美："张老师，你家三朵金花，真港气。"

高领毛衣

　　高领毛衣是中国第六代导演出品的文艺片中出镜率最高的单品，《青红》里青红穿白色高领毛衣，《我11》里孩子他妈穿黑色高领毛衣、他爸穿驼色高领毛衣，《长大成人》里钉子穿蓝色高领毛衣……这些电影的背景全部是 20 世纪 70 年代，那个时候，高领毛衣是家庭经济、家庭教养兼优的标志。

　　我拥有第一件高领毛衣是刚上初中那年，爸爸去供销社抢购回一斤二两绿毛线，妈妈一针一针织出来的。这件毛衣很简洁，从上到下用的都是一种针法，两针上两针下，看上去没有一般手织毛衣的厚重笨拙，相反，它更像现在流行的紧身打底衫，具备了当时很罕见的曲线美。所以它成了那个冬天我最喜欢的衣服，每天都努力敞开蓝色棉猴儿的领口，把这段鲜艳的绿色最大限度地露出来。

　　我对绿色高领毛衣的钟情，被爸爸妈妈的一次谈话破坏了。爸爸在向妈妈通报："供销社又来了一批毛线，是不是应该再买上两斤，你自己织上一件，再给小英织个毛背心？纯毛的，暖和，不好碰上呢！"纯毛的？我第一次用挑剔的眼光来审视我的毛衣，是的，它不是最高级的纯毛，而是混纺的。

接下来的那个冬天，我宁可穿上姥姥做的斜襟棉袄，也不爱穿这件毛衣了。

即使这样爱穿不穿的，到第三年，毛衣的袖口仍然磨破了，扯出了两段毛线。妈妈在袖口缝了两截格子布料，把破损的地方遮住，我又穿了一个冬天。天气暖和以后，妈妈坐在床头，把整件毛衣抱在怀里，从袖子开始，刺啦刺啦一行一行地拆。看着满床卷曲、磨得粗细不匀的毛线，我忽然觉得很抱歉，不知道是辜负了自己曾经投入的爱恋，还是辜负了妈妈的辛苦。

考上高中，我又有了一件新的高领毛衣，蓝色，纯毛的。穿上以后才知道，纯毛毛衣也不是我想象的那么好，高领把下巴磨出了好多红色的小疹子，第二天结了密密一层痂。

那件曾经的绿毛衣，后来被掺进各种颜色的开司米，搭配成混合色，又被织成新的毛衣，继而变成毛裤，最后是手套，然后就给了收废品的。

因为它身上鲜明的 20 世纪 70 年代标志，至少在 30 年里，高领毛衣都没再登上秋冬的时尚榜。只有乔布斯，才敢把三宅一生设计的黑色高领毛衣当成应对一切场合的礼服。直到今年，时装杂志上的男模特才重新穿着传统的黑西装，搭配灰色高领毛衣，摆出很跩的造型。

面对诸多时尚要素举棋不定时，我最后祭出的绝

招一定是想象，想象自己是王室的某位太太，这件衣服配不配得上她？风格就意味着放弃和牺牲，我用这种方法成功拒绝了马海毛短外套、随时有走光之嫌的低腰牛仔裤、斑马纹短靴的诱惑，而高领毛衣永远无忧地盘踞在王室太太的清单上。

歌词本

　　《越狱》第二季里有个镜头，特工保罗——平时伪装成牛肉干推销员，被抛弃以后，不甘心地问总统："我35岁生日，我们是在哪家饭店过的？"总统没有回答。下一个镜头就成了绝望的保罗到黑市上买了一支威力巨大的狙击步枪，他要杀了她。

　　很显然，这是一顿定义了他们关系的饭，至少在保罗看来是这样的。忘了这个日子，就意味着不可饶恕：她不在乎他了，要是有一丁点儿的在乎，怎么可能忘了这么重要的日子。

　　所以你就能想象，当我在一位新结识的朋友家听到朱逢博的名字时有多激动——这是在一定程度上定义了我的青春的名字。这个名字像个暗号，如果是在电影里，这三个字一旦说出来，我们完全有理由亲密地拥抱或握手了——现实中我们只是惺惺相惜地看了对方一眼。

　　接下来的对话就从虚头巴脑变得畅通无阻：李谷一、朱逢博、苏小明、蒋大为、王洁实、谢莉斯谁出的磁带多，你的歌词本封面上贴的是谁的照片……

　　念初中的时候，班里女生几乎人人都有一个笔记本专门用来抄歌词。在流行音乐兴起的时候，我们接触到的歌曲大多来自电视剧主题曲，所以全国人民在某一个时期唱的都是同一首歌。电视上、广播里一开始放流行歌曲，我们家所有家庭成员，每人一张纸一支笔，开始记录。我听力差，还有好多字不会写，所以大部分歌词都是姐姐听写下来的，我认真誊写在歌词本上。或者在假期里，几个要好的同学一起听某位歌星的新专辑，然后把歌词记下来。

一个成功的歌词本应该具备三个条件：字迹好，歌曲全，贴画多。贴画的流行正好跟歌词本的流行同步。《红楼梦》开播的时候，便流行金陵十二钗的贴画；《霍元甲》播出的时候，歌词本上米雪就是主角。当时最流行的贴画要数《射雕英雄传》里的翁美玲，穿着古装的她永远那么狡黠动人。除了歌词本，课本、床上、墙上、座位上，不干胶贴画无所不贴，我们对流行的敏感度、我们的审美趣味全在这一张张贴画里了。如果找不到自己喜欢的明星的贴画，杂志报纸上的照片也可以充数，背后刷上糨糊，贴在歌词本上，用彩色蜡笔在照片四周描一圈花边，比贴纸还漂亮。

当时家里订着一本杂志——《辽宁青年》，它和后来的《读者》有点儿像，以心灵鸡汤为主体，这类文章当时还有个名字，叫小品文。我对杂志的兴趣在于它的封三，每期都登一首流行歌曲，有歌词，有简谱，衬着背后朦胧的背景，充满了诗情画意，每次都要剪下来贴在歌词本里。

　　借助一个人的名字在歌词本上出现的频率，主人可以明确地意识到自己特别喜欢某某（的歌）。"我喜欢某某"，这个句式包含着自我投射，自我判断，具有强烈的排他性，只有亲历者才能读懂它丰富的含义。可能正是那个小 32 开的歌词本，决定了我们是谁，我们会爱上谁。

蛤蜊油

今年初夏的一个雨夜，加班后独自回家，低头快速走过人行天桥，夏天的风竟然有秋天的寒意。匆忙一瞥，看到天桥一角有位老奶奶撑着折了一根伞骨的黑伞，正在收拾地摊。

在这样一个凄风冷雨的夜晚，当天桥下涌动着交通高峰期难堪的喧嚣，在被雨天特有的突如其来的坏情绪搞得满腔愁绪之时，我在一位摆摊的老奶奶手里看到了少女时代的伙伴——蛤蜊油。

两扇小小的贝壳，里面注满油脂，以蜡封口，贴着传统的椭圆形纸商标。我挑了纹路特别美丽的一只，花了三块钱。老奶奶做完当天最后一笔生意，很满意地收了摊。

电梯里，我忍不住把蛤蜊油拿出来，轻轻掰开，蹭下来一块，两只手互相抹。邻居家孩子盯着我，问保姆："这东西我吃过，还能往手上抹？"

圆铁盒里装着万紫千红、百雀羚、友谊牌雪花膏，蛤蜊里装着润肤油，用塑料纸卷成一筒的凡士林……曾经所有的护肤品都只有一个名字，就是擦脸油。每次洗了脸，母亲都会蘸一手擦脸油，不由分说地给孩子们抹上一脸。

本来最喜欢妈妈买铁盒装的擦脸油回来，油用完了铁盒可以灌满沙子，在院子里跳格子，特别是大包装的万紫千红，踢起来沉甸甸的，特别有准头。也许是因为铁盒擦脸油更高级，所以制作方特意加了许多香料进去。那时候判断厂子里的年轻阿姨时髦不时髦，标志就是她是不是隔老远就香喷喷的。

不知道为什么，每次我寻香而去，小心地掀开锡箔纸，就突然感到强烈的晕眩。我妈说了，所有的香味都是有毒的，芳香烃会影响人的神经，敏感的人就会头昏。这个答案让我十分满意，简直就是豌豆公主嘛！

蛤蜊油就好多了，只有油脂味，没有香味。唯一的缺点是它太易碎了，经常一买回来就发现有一面贝壳是裂的，甚至是碎的，一块块嵌在油脂里，总也取不干净，让一个孩子也能生出人生的无奈感来。

据日本资生堂的总裁回忆，1980 年他第一次到北京考察中国市场，看到百货商店里，人们拿着瓶瓶罐罐，排着队，等着打散装的雪花膏。第二年他把资生堂的专柜开进了北京友谊商场，前来试妆的姑娘们，看到自己焕然一新的面孔很是欣喜，可离开时总是不约而同地把妆全部擦掉，免得被别人发现自己偷偷臭美。现在，中国是资生堂最大的市场了。

看到我显摆新买的蛤蜊油，妈妈很得意："我早说过，你的脸就是擦那些进口东西擦坏的。"为了和她赌气，我又去了天桥，准备给她买一堆回来好好用。结果天桥装修，老奶奶不知所踪。只好上淘宝碰运气——"一样东西，如果淘宝上没有，那它要么是不存在的，要么只存在于老奶奶手里。"搜索的结果让我大吃一惊，这东西网上竟然有 436 家店铺在卖，它还有了新名字——国货精品，和回力球鞋、海魂衫、鸵鸟墨水、北京牌暖水瓶内胆一起卖。

有位专营奶奶级化妆品的店主在网店首页严正警告："原汁原味老国货！看一眼少一眼！买它是一种责任！"就像男人不忍心看曾经钟情的小姐落难，我心甘情愿为曾经的擦脸油点下了鼠标：蛤蜊油，小号；数量，10；价格显示……我忽然感到一阵莫名的惆怅：这么多蛤蜊油，加上运费，还比不上平时用的一瓶化妆水的价格！

贺年片

　　人的道德感就像一台精密的天平，必须小心翼翼才能维持平衡。二十几年前就以车代步的那批先富裕起来的人，现在成了最积极的骑游族；平时往废纸篓里扔了太多打印纸的白领，一到年底，也会突然良心发现，决定不去邮局买贺年片，改发电子的，"4000张贺卡就要牺牲一棵大树耶"。

　　点了群发之后，他必须皱起眉头批判一下现代科技："太冰冷，太没有人情味儿，根本没有传统纸制品的温度。"只有这样，他才能毫不脸红地认定自己是一个既有道德感，又能在科技包围下坚持人文情怀的人。

　　年轻时，寄贺年片是一场充满未知数的冒险。

　　一个年轻人，第一次萌生出寄贺年片的念头时，就意味着她的心里藏了一个名字，而这个名字，仅仅是想到这个名字，就足以让她脸红。为了用一个大大方方的外壳把这个名字包裹起来，她发现世界上竟然有贺年片这样妙不可言的东西。

　　从文具商店买回一张印着水仙花的贺年片，不是玫瑰，不是美女，不是电影明星，而是最让人没有邪念的水仙，写上"感谢某某同学过去一年的帮助，祝新年进步",然后把它伪装成世界上最没有含义的贺年片,塞进邮筒。

几乎就在同时,她也收到贺年片。可能来自心中的他,更可能是另外一个他。在平淡的问候中,她认出了其中的紧张和惴惴不安的试探。

她主动问候的人,未必回复她,再见面时她该如何表现才能显得若无其事?而主动问候你的人,应该得到怎样的回复?贺年片,而不是折叠起来的贺年卡,所有的信息都光明正大呈现在纸面上,所以她不得不学会在一张小小的贺年卡上恰当地表达自己的好感,如何体面地接受拒绝,如何礼貌而坚定地说"不",如何在贺年片千篇一律的问候中,读出哪一个才是芳心暗许,情有独钟。

她想不出,如今的孩子没有了贺年片,他们会从哪儿学到这一课。

心理学家说,一个人在讲述一件发生在自己身上的事情时,如果她不用第一人称"我",而始终用"她",就证明她始终无法正面直视这件事。或者还有另外一种解释,这件事的意义太过重大,就像耀眼的太阳,直视就是一种亵渎。

红茶菌

夏天的中午，有一种异乎寻常的安静，树冠的绿色大而幽暗，每一片树叶都一动不动，明晃晃的马路上从头到尾见不到一个人影，偶尔驶过一辆汽车，凝固的时间被激起一圈涟漪，马上又复归平静。唯一能唤醒这平静而不惹人懊恼的，是一杯冰凉的饮料。

现在，我希望它是一杯刚从冷藏室取出来的气泡酒，往玻璃杯里一倒就给杯子蒙了一层白霜。曾经，一碗加了冰糖的绿豆沙也能给昏热的午后带来安慰。如果把手机或者电脑里的万年历调回到 1983 年，它最大的可能是一杯红茶菌。

那年初夏，院子里家家户户的窗台上都摆上了一个大罐头瓶，里面盛满了美丽的橙红色液体，液面上漂浮着一片圆圆的、肉乎乎的、很有质感的、海绵一样的透明体，这块海绵就是红茶菌。

妈妈从同事那里讨了一块"菌"回家。以前我只知道菌就是细菌，是避之唯恐不及的坏东西，没想到这次主动请它进门了。

家里的玻璃瓶是从来不扔的，这次果然又派上了用场。瓶子洗净晾干，一点一点倒开水进去，然后耐心地等沸水凉透，把那块菌投进去，再加几勺白糖，盖上盖子密封起来，菌就会越长越大。差不多一个星期之后，瓶子里的水就变成了传说中法力无边的红茶菌，有病治病，没病防身。

培养红茶菌意味着科学而文明的生活方式，大人们把养红茶菌说得像任何一个追求生活质量的人不参加就对不起自己的高尚俱乐部，不过比的不是衣服和珠宝，而是红茶菌的汤色和味道。

混合着酸、甜，还有生鸡蛋和海带腥味，第一次喝有点恶心，但口味是可以培养的，就像对苦涩的咖啡、有怪味的酸奶的爱，再说红茶菌里总是加着许多白糖，至少可以当糖水喝。当时一人一个月凭本供应二两白糖，糖水是轻易喝不上的。

马三立说过一个单口相声《钓鱼》，带着糖饼去钓鱼的男主人公被妻子批评——鱼没钓着，饭量可见长啊。养了红茶菌，没见家里哪个人的体质得到增强，反倒是白糖罐见底儿了。

有一次妈妈一边做饭一边给菌块加糖，菌块被感染，一点一点溃烂，最后全死了。那时候距离红茶菌走红的时间还不到两个月。

然后它就突然变得不时髦了，从我和我的邻居们的生活里消逝了，彻底得好像从来不曾存在过。转年的夏天，也再没有人提起。只有我一个人很珍惜地默默把它放在记忆的一个角落，偶尔翻出来检视一番。

　　我告诉朋友，我小学时曾经踏着半人高的雪走了3公里去上学。第二次见面，他拿出了一张打印好的纸，告诉我，他用 Google Earth 查过了，我上学的地方离我家只有1.7公里，而那年的雪，他也查了，厚度是32厘米，"你不可能8岁只长到64厘米吧？"数字化生活让我们所有的记忆都有迹可循，也减弱了遥远的记忆特有的文艺味道。就在我以为红茶菌独独封存在我一个人的私密记忆中时，这位煞风景的朋友继续说："网上到处都是卖红茶菌种的，你要不要？"

红灯牌收音机

2011 年 10 月 1 日，美国之音汉语普通话节目走到了生命的终点。这个诞生于 1942 年 6 月的"敌台"终于老得挣不到钱了，不甘心地退出了历史舞台，也斩断了我和电台广播的最后一线情缘。

曾经有很长一段时间，我的每一天都是在广播的伴随下进行的。早上六点半，妈妈准时扭开红灯牌半导体收音机的金色旋钮，中央人民广播电台《新闻和报纸摘要》节目伴随着一段壮丽的开始曲叫我起床。接下来会听到一串领导人的名字，对一个小孩子来说很是枯燥，唯一有意思的是里面有时候能听到稀奇古怪的外国名字，比如隔几天"希哈努克亲王"就"硬要来访"。在广播声和妈妈的催促声中，我开始刷牙、洗脸、梳头，新的一天开始了。

到了下午，如果不上学，我会反复抓住父亲的手腕看时间，等着四点钟的到来。终于，"小朋友们，《小喇叭》节目现在开始广播啦！"（后来看一篇蔡国庆的专访才知道这段清脆的童声是他为《小喇叭》节目专门录制的。）这声音仿佛一声集合号，小朋友们马上乖乖坐下来，因为孙敬修爷爷马上就要给我们讲故事了,《东郭先生》《神笔马良》《没头脑和不高兴》……老爷爷还很有耐心地化整为零,给小朋友们讲完了整部《西游记》。一位 20 世纪 70 年代来过中国的西班牙记者称孙爷爷是"世界上受到崇拜人数最多的人"。等全国人民一起追捧刘兰芳的《岳飞传》后,《小喇叭》的影响力方才减弱。

在信息量极为有限的童年,打开收音机的旋钮,聆听那些遥远的声音,为生活在小县城的我打开了一扇大门,让我看到了更大的世界,使我的童年避免整日陷于鸡毛蒜皮之中。

有时候一不小心,收音机的旋钮转到某个位置的时候,会突然传出"大海呼叫某某"的神秘声音,妈妈马上走过来,二话不说就夺走了我的旋钮控制权。直到前年看电视剧《潜伏》,才知道这是总部和特务之间常用的联络手段。还有一次,妹妹闲来无事,把收音机的旋钮拧来拧去,收音机里突然出现一段不太标准的普通话,那是莫斯科电台的声音,是敌台!妈妈吓得拿起被子,连收音机带妹妹一起捂住,生怕被别人听见。等她小心翼翼地把被子拿开,收音机里就只剩下噼噼啪啪的电波干扰声。有几次还分明听到里面的人在说:"如果你想要,可以把你的住址告诉我们,我们会免费把……寄给你。"免费的呀,妈妈!可是不知道为什么,这种免费的信息似乎让整个房间的空气都凝固了,声音也不流动了,所以我一直没弄清这是什么东西。

20 世纪 80 年代末，我上大学的时候，收听"敌台"已经成了一件很时髦的事，无数年轻人抱着短波收音机，跟着美国之音、BBC 学英语，拼命要实现美国梦。我是整个宿舍第一个买短波收音机的，半球牌。一位好朋友的母亲在电子工业局上班，走了她的后门，才在局里的内部商店买到，花了差不多 100 块钱，真是天价。

有一台短波收音机在学校绝对属于重大利好消息，传播速度相当快，所以才有一位勇敢的老乡不计后果地来找我。他准备去胶东参加毕业实习，想借我的短波收音机听两天。我特别怕当面跟人说"不"，所以只能借给他。

他一借就是半个月。半个月里，每天晚上我们宿舍的主要议题都围绕着我这位老乡展开，包括他们的实习地点、实习内容和实习时间。半个月后，收音机还没回到我手上，宿舍里的气氛明显紧张起来——"他们系回来了，我在水房看见他们班的人了。""你们老乡靠不靠得住啊？""我也有个老乡在他们班，我让他问问？"

我硬忍着没去找老乡兴师问罪。又过了一个星期，老乡终于上门来还收音机了，他很抱歉地告诉我，他把收音机旋钮上的塑料片弄坏了，想重配一个，跑遍济南都没找到，最后在郊区一家五金店才终于配上。

毕业以后，他自愿自觉地成了我老公，把每个月挣来的钱都悉数赔给我。

再后来，红灯牌收音机和短波收音机都成了古董，只有狂热的半导体爱好者还会把它们视若珍宝。如今美国之音也停播了，一位政治学家说：世界已经是平的了，"敌台"也该寿终正寝了。

花仙子

大大的充满泪水的眼睛，长长的睫毛，卷卷的金色头发，拿着花钥匙对着一朵花，就会换上一套时髦的新衣服，这个令人嫉妒的女孩子是小蓓。

1986年寒假，电视台开始播放《花仙子》：小蓓12岁生日那天遇到了花仙使者，得到了一件神秘的礼物——花钥匙，于是她开始带着花钥匙寻找能给人间带来幸福与快乐的七色花。

这是我国引进的第一部日本美少女动画作品，片子无时无刻不在强调美，背景总是阳光灿烂，花香四溢，小蓓永远有一张妆容完美的小小桃心脸，她的对手娜娜也充满风情：深棕色的长发，无可挑剔的三围，每次出现都穿着不同的漂亮衣服。两个人还各有一位骑士，好好先生模样的嘉文总是默默追随在小蓓身后，每一段故事结束时，他都会现身，送给当事人一包花籽，说明那花所代表的花意；陪在娜娜身边的是波奇，他总是在发生状况的第一时间跑来通知主人——"唉呦喂，娜娜小姐唉，天南地北唉，天要塌下来了喂。"

心理学家说，玩具娃娃在女性成长过程中起着举足轻重的作用，女性长大以后会在内心深处希望成为自己儿时的洋娃娃。可我小时候玩的洋娃娃都是清一色肥嘟嘟的脸，没有腰身，穿着掐花边的女仆式宽松连衣裙，没心眼地冲人笑着，是完全没有性别概念的胖娃娃。

就像后来的琼瑶小说里教我的，女孩子是要被爱的，《花仙子》教给我成为女性的第一课：女孩应该是勇敢的、善良的、不轻易放弃的，除此之外，她还应该是美的。

开学后，文具店里出现了一毛五分钱一张的花仙子不干胶贴纸，穿芭蕾舞裙的小蓓、戴圣诞帽的小蓓、穿红色高筒靴的小蓓、穿沙滩背心的小蓓、装扮成医生的小蓓、变身厨师的小蓓，这位拥有百变魔力的美少女出现在我每一册课本和作业本上，她代表女性渴望的一切：成功、魅力、浪漫、冒险和丰富的机会。她是社会学家康奈尔说的"终极女性"，在男性统治的社会里获得成功的同时，保持着持久不变的女性特征。

直到上高中，我对花仙子还保持着相当的痴迷，当时我进入了不可理喻的青春期，沉默、傲慢、孤僻，还开始了令人绝望的发胖。只有偷偷粘在书页里的小蓓知道，我多么渴望变得苗条、美丽，并且处处受欢迎。

许多年过去，《花仙子》的片头曲仍会偶尔袭来："究竟在哪里花儿静悄悄开放，我们到处寻找……"小蓓只要换一件衣服就可以改变她自己，我要经过什么样的通道，才能成为自己梦想成为的女人？

画手表

大概小学二三年级时，班上最后一排的傻大个男生突发奇想，用蓝圆珠笔在手腕上画了一块手表。他把胳膊高高地举过头顶，向同学炫耀他的伟大发明："海鸥牌手表，和王老师的一模一样。"

"几点了？"后排几个平时特别讨人嫌的同学相当配合，纷纷识趣地凑过去。

傻大个男生说："十一点三分，再过一个钟头就放学。到点我就通知你们，以后谁也别想拖堂。"

在众人的仰视中，傻大个男生成了国王，享受着无比的尊荣。

没过几天，校园里就满是自制手表的男生。墨水瓶盖扣在手腕上，绕着边画一个圆，圆圈里画上时针、分针、秒针和刻度，一块手表大功告成。有的还在十二点刻度下画上两只长长的翅膀——海鸥手表的LOGO。

老师一转身在黑板上写字，同桌就用胳膊肘碰碰我："知道不知道现在几点了？"

我说："不知道。"

这时候，他就会把手腕在我眼前飞快地一晃。

尽管我早就知道他的表画得一点也不准，时针正指十二点，分针却指着四十分，但我还是觉得有必要报复他一下。

当天晚上，到妈妈办公室找了一瓶红墨水，照例先画圆表框、时针、分针、秒针，还创造性地在表框周围加一圈狗牙花边。表盘大功告成，抬起手腕看看，我决定用蓝色的圆珠笔再给自己画一条皮表带，圆圆满满一圈，带着复杂的表扣，靠近表扣的地方还点了几个小圆点，代表小孔。那天睡觉，我小心翼翼地把胳膊露在被子外面，生怕蹭掉了颜色。

第二天上课，同桌的男生藏起了自己的手腕，发泄着不满："哼，女生还戴表！"

知了在树上一声声叫着，太阳热热地当头照耀。那年夏天，我们举着胳膊，像穿花蛱蝶，每个人都觉得自己流光溢彩、灿若桃花。走着走着，会突然停下来煞有介事地抬起手腕看看，就像养一只电子宠物，必须用特别的爱意关照它，否则宠物就会死掉，手表就会停下来。

放假了，我们突然不再迷恋腕上的手表。日复一日，我们任由它消退了鲜艳的颜色，指针模糊了，也懒得用笔再把它描得轮廓分明。我们追逐着新的快乐，把腕上的手表忘得一干二净。

虚构的手表不复存在，而真实的手表还遥遥无期。有与无之间，藏了那么多的期待与感伤。

计算机课

给爸爸的生日礼物是一部掌上电脑，他只用了半小时，就学会了用它炒股票、看电影、听音乐、玩游戏——"想干啥就找着图标点一下，这么简单还用学！"

我学计算机时可不是这样的。

计算机，是 20 世纪 80 年代中国各所中学、大学最时髦的选修课。我上高二那年，课程表上出现了这门新科目。学校特意把整座校园里最好的一间教室腾出来，地上铺着带雪花点的灰地胶，米白色的长条桌，摆着六台计算机，屏幕漆黑。各班组织同学排队参观时，光是这种气势就让人心生敬畏。

第一节计算机课，老师很肯定地告诉我们：这个世界所有的一切，都可以用 0 和 1 来表示。这可把我们震惊坏了：怎么可能呢？这么丰富的色彩、复杂的感情、难解的问答题，都能变成简单的 0 和 1 ？

第二节课，开始学计算机语言。因为计算机太珍贵了，所以选修了这门课的同学，仍然被集中在一间普通教室，而不是计算机教室，面对着黑板学习据说是当时最先进的 BASIC 语言。看着天书一样的字符，一节课下来我硬是把一连串根本不知道名字、不了解形状、更不明白其作用的圆点、横线、斜线、空格全部背会。最让我迷惑的是"回车"。回车？我只知道历史课上讲过孔子回车。

第三节课，我们终于有资格坐进计算机教室了。那节课，我学会了开机，学会把手指放在键盘上轻轻敲击，看着黑屏幕有时候会出现一串雪白的符号，有时候什么都不出现。下课时，老师宣布："今天你们的操作都不对。"然后，给每个人发了一张打孔的纸带，这门课就算选修完了。

上大学以后，计算机成了必修课。就连中文系的学生，也必须通过这门占 3 个学分的考试。我们继续面对着漆黑的屏幕，学习把白色的字符打上去，只不过这时候的计算机语言已经变成了 FORTRAN，据说比BASIC 更接近国际水平了。我荣幸地当选为计算机课代表，因为老师发现我能把每节课的内容一字不落地背下来。花费了 30 个课时，我记住了老师说的一句话："你们别嫌打字机声音难听，要是真能用计算机把它操作得打出字来，你会觉得这声音比任何音乐都美妙。"不幸的是，直到课程结业，全班同学都没有听到过这段美妙的音乐。

毕业前，我在旧书摊上买了一本《第三次浪潮》，因为摆摊的那位物理系学生说，它是解读人类现在和未来的永恒路标，比我拿在手里的《作为意志和表象的世界》厉害得多。看了这本书，我意识到没学会计算机是多么大的损失，因为它已经把人类带入农业阶段、工业阶段之后的第三阶段——信息化阶段，而我对此一无所知。

　　当年把书卖给我的那位同学，如今已经是中国经济建设的中流砥柱，他实现了这本书当初许给他的诺言——"创造未来"。

加里森敢死队

下载最新一季的《绝望的主妇》时，在热门美剧列表中看到了《加里森敢死队》——一个久违的、曾经无比璀璨的名字。

1980 年春天的一个晚上，电视屏幕上出现了美国人，而且是从海底来的，这让在场的所有观众都大吃一惊。当时母亲所在单位的会议室有一台黑白电视，大人小孩一到晚上就自动来到这里，热烈地讨论着每一个电视节目。30 多年过去，这部剧在我的记忆里只剩下一个片段：当屏幕上麦克和伊丽莎白情愫暗生，吵吵嚷嚷的会议室突然一片寂静。

《大西洋底来的人》每周四晚上八点钟播一集，一共播了 21 集。全剧播完，正好是夏天，麦克·哈里斯的太阳镜成了街头阿飞的必备装束，称麦克镜。

到《加里森敢死队》播出的时候，观众又一次被震惊了，电视里竟然播放这样一部剧：一帮包括杀人犯、骗子、强盗、小偷在内的另类英雄，组成了一支反法西斯小分队，深入德军占领区，靠坑蒙拐骗偷，完成了盟军指派的一系列任务。他们究竟是好人，还是坏人？道德判断上的困惑丝毫没有妨碍这部剧的流行，到了学校，每个班级都至少有一个"头儿"，还有更多的"酋长""戏子"，漂亮的女同学则被尊为"夫人"。

学校所在的小胡同，路两边种着大槐树，那些树在《加里森敢死队》播出之后遭了殃：放学后一出校门，男生从书包里掏出小飞刀，"嗖嗖嗖"向树干飞去，学的是神刀手"酋长"的作派，可那刀飞得一点准头没有，吓得路人隔老远就往旁边躲。

一位女同学家住铁道边，那段时间回家都带着任务：把男生派给她的大号铁钉放到铁轨上，让飞驶而来的火车以巨大的力量将铁钉挤压成一个宝剑形状的飞刀。刚开始做没经验，钉子经常被进得无影无踪，后来她找来一根长铁丝，一头拴住铁钉，一头在自己手上，站得远远的，等火车驶来。直到父亲给她讲了一个血腥的被铁钉迸瞎眼睛的故事，她才放弃任务。

这部26集的美剧播完第16集后，电视台突然以黑底白字正告观众：本剧播放完毕。据说是因为央视接到许多来信，反映这部剧主题不健康，社会影响极坏。停播以后出现了更多的群众来信，质问央视为什么不播完全剧。

我不喜欢没有结局的故事，感觉主人公都被总部无情地遗弃在外太空，飘来飘去，没有终结，没有归宿。

家庭裁缝

朋友花了一大笔银子跑到上海订了一套西装，低调的灰蓝色暗纹，传统的两粒扣，可任我们谁看来，他只是穿了一套西装而已，甚至连新衣服该有的新崭崭的挺括感都没有。"真是锦衣夜行！"他恨不得每次都当着众人的面把衣服里子翻出来，让大家看隐秘处一个若隐若现的签名："看到没，英国裁缝，祖上三代都给英国王室做衣服的。"

结果没有人如他所愿地表现出高山仰止之情，洋裁缝也不过是裁缝，这个职业可没什么神秘的。

20 世纪 80 年代，几乎每位中国妈妈手里，都有过一两本《服装裁剪》《上海童装》《上海服装裁剪一览尺》或者更专业的《连衣裙》《两用衫》之类的图书，介绍各类服装不同部位的排料、制图、式样变化、缝纫要领和工艺装饰，图示上不同方向的箭头指向密密麻麻的数字。

更简便的是利用买来的服装图样，这种图样分男装、女装、男童装、女童装，按照图样旁边的注释自行放大或缩小，就可以应对各种身材。有时候报纸杂志也会应广大读者的强烈要求，刊登新式服装剪裁图。

院里有位阿姨用一本《百科知识》做剪报，内页贴满了从《新民晚报》剪下来的花花绿绿的裁剪图，这本剪报总是被各家主妇借来借去。母亲觉得老借别人东西不好意思，就用作废的硫酸纸一页一页描下来，再衬上拓蓝纸，复制了好几份，送给了最好的朋友。

法国人爱说，一个人得靠九个裁缝造。我们姐妹三个却都是母亲看着一本剪报，凭着一片或深或浅的画粉，一把裁缝剪刀，踩着一台脚踏式缝纫机，一个人造出来的。在美国中产阶级眼中，周末上午到农贸市场买"Home Made"出品的面包、蜂蜜、生菜，要比去沃尔玛买流水线下来的产品高级多了。可惜当时穿妈妈做的这些衣服时还不太知道好歹。

20世纪90年代中期，我的衣服都还主要出于"Home Made"，只不过制作者换成了妹妹。就在我刚知道世界上竟然有一种职业叫服装设计时，妹妹就一个人跑到珠海、北京刚开张的服装学院自费读书，那也是我第一次知道，学习竟然是要花钱的。

染着棕黄头发、身穿欧式马甲的妹妹学成归来，很快就开始给我和姐姐发福利。当时市面上最大胆的喇叭裤的裤管也不过一尺半，妹妹大胆地建议："我给你们做个两尺的，最时髦了。"

当时的服装流行趋势是大轮廓，于是妹妹给我们所有的衣服都加了垫肩，西装、大衣、风衣各一副，就连夏天的T恤衫，也要衬一副圆垫肩穿了才精神。

当年拍的全家福，每个人都威风凛凛，像橄榄球运动员一样耸着厚厚的肩。

《上海服饰》是当时唯一的一本专业流行杂志，里面有一个栏目叫《上海服饰小姐塑造》，专门帮真人读者利用服装、发型改变自己的形象。妹妹坐在沙发上，腿上堆着一摞布料，手捧《上海服饰》，我和姐姐分坐左右，侧耳聆听，"这个米色的适合你，上衣再稍微短一点。你，穿这条紫裙子"。

航天飞机冲出大气层时，必须扔掉助推火箭、燃料箱。每季我会大刀阔斧地整理一次衣橱，在汪洋大海般的衣服堆里四顾，把过时了的、驾驭不了的、穿不下的旧衣服无情地甩出去，以防它们成为我追逐时尚列车的阻力。这时候，家里两位裁缝手制的衣服，却能每每逃过此劫，过时的款式让它们有了一种古董的，vintage 的，在日本叫作中古的风味，让过去那些极其普通的日子——陈旧、干瘪、无从追忆，一一从裤脚裙边浮现出来。这些衣服不是"Made in China"，而是"Home made, made for you, only for you"。

假领子

已经很多年不专门为过年买新衣服了。

小时候，年前几天总是深更半夜不睡觉，趴在缝纫机边，看母亲把参差的布料一块一块缝起来，抖一抖就变成了我们姐妹三个的新衣服。为了哄母亲赶工，我们还会不约而同地嗑出一把瓜子仁堆在她手边。

橘色的灯芯绒圆领罩衫是我 8 岁的新衣服，胸口绣着一排小鸡，它们脚下是手掌一样张开的草丛。玫粉色尖领夹克是我 11 岁的新衣服。14 岁的新衣服是那件深蓝色的滑雪衫，母亲差我从一位家里有海外关系的同学那儿借来一件大红的滑雪衫，照着给我做的……说到过年的衣服，我像一位记忆力衰退的老人，越是遥远的岁月越是清晰。参加工作这 20 年间的春节是怎么过的，完全记不起来了。只有一次，为了炫耀新买的项链，我的毛衣领口开得过低，被先生赶回家裹了一条围巾，其余 19 年都成了糊涂账。

没人忘得了初恋，因为那一次我们投入太多，情感体验太强烈；第二次恋爱，平淡一些；第三次，更平淡……我对过年穿新衣服的兴趣越来越小，完全符合经济学里的边际效应递减理论，不仅仅是因为年过得多了，更因为平常新衣服买多了，不稀罕了。

"过年衣服准备好了？"在电话里四个朋友问了同样的问题，终于把我本来静如止水的心搅成一潭浑水。

总得买点什么吧！打开淘宝，很快，我为自己最喜欢的驼色毛衣找到了一件白色的尖角假领子，雪白挺括的领子，镶一圈五彩钉珠，很有节日气氛。

是的，这件小东西它的名字就叫假领子。

假领子其实是真领子。孤单单一条领子，带着前襟、后片、扣子、扣眼，没有袖子，只有三分之一的衣襟。20世纪70年代，我们一家五口，曾经人手一条假领子。穿棉袄必须把假领子套在里头，翻出来，一来棉袄不容易脏，二来人在白领子衬托下显得很体面。衬衣衬衣，就是衬在里头用来衬人的嘛！

假领子，又叫"节约领"，节约了钱，节约了布票，还像手绢一样容易清洗，更重要的是它还能给人面子，这么经济实惠又富有人情味儿的东西，发明者只能是——上海人。据说是上海人先用零头布做成了假领子，而零头布不需凭票供应，因此这种聪明的做法很快风靡全国。假领子洗干净，晒得半干，用大茶缸装上一缸开水，趁热在衣领上来回熨烫，这样既省时又省钱，连开水都不会浪费。那时候判断一位裁缝水平高不高，最关键看两条：会不会做中山装，假领子做得好不好。

鲁迅先生说："面子是中国人的精神纲领。"懂得了假领子，你就懂了中国人。

健美裤

广告最大的秘密就是提醒人们：其实你的生活真的需要这个。本来已经有了瘦腿牛仔裤，有了厚得像毛裤似的长筒袜，可在看了一本日本时装杂志后，我忽然意识到，我是那么需要一条打底裤。

把灰色的长毛衣和黑色打底裤搭配在一起之后，我又发现自己需要很多很多的打底裤，黑的、牛仔纹样的、迷彩的、圆点的、星星图案的……要不然那件开衫、那件羊绒连衣裙、那件白衬衣怎么搭配呢？真难以想象，没有打底裤的日子是怎么过的。

怎么才能让打底裤固定在长靴里头呢？看着穿了一天的打底裤膝盖上鼓起的那个包，我拿出针线包，决定做点什么。钉上两个扣子？钉哪儿呢？最后，我决定给两条裤腿底下各加一根带子。

穿着经过改造的打底裤，站在镜子前一照，天，这不就是健美裤嘛！

健美裤是 20 世纪 80 年代中国女性中普及程度最高的一款裤子，黑色的高弹紧身面料，高腰设计，更重要的是裤脚底下必须有一个环，可以踩在脚底，所以又叫踩蹬裤，或者踏脚裤，目的是把裤子绷得笔直。

　　有关健美裤最高段位的搭配是白丝袜，再踩一双黑色尖头皮鞋，头顶高高的鸡冠。在美术馆看过新生代画家喻红的画展，画面上就出现了这样一位健美裤女郎，细脚伶仃的一个人，正跳健美舞。

　　次一级的搭配是白色高腰旅游鞋，很多成年女性这么穿，所以才有"不管多大肚，都穿健美裤"的说法。就连当时刚上幼儿园的外甥女，假期里抱着旋转木马合影，两条胖胖的小腿也裹着时髦的黑加白。

　　最低层次搭配就是遮遮掩掩型，比如把健美裤套进靴子里，这就完全丧失了健美裤必须踩脚的特点，看上去和一双普通厚袜子无异。

　　健康美注释了我对流行事物的态度：欲罢不能。比如，我很清楚紧身的裤子都属于内衣，内衣外穿对于别人的视觉是一种侵犯。可是因为穿的人太多，我开始担心自己不穿的话会显得很土气。于是，我不得不去买了一条健美裤。

　　当时太原火车站附近开了一家鞋城，我在那里按照传说中的批发价买了一双棕红色的系带长靴，搭配毛呢喇叭裙，当然，里面套着新买的黑色健美裤。这样一来，除非到人家家里，人家非请我脱靴才能进客厅，否则谁都发现不了我的健美裤。终于，有一天去朋友家聚会，在门口换了拖鞋，走到沙发边刚解开呢子大衣的第一颗扣子，我像被雷击中一样跳了起来："糟糕糟糕！忘了忘了！有人要去我家取东西，我赶紧回去一下。"不等其他人接话，我一溜烟跑了。

因为如此习惯于健美裤的紧绷，而这一天，我穿着毛线裤就跑出来了。

橘子粉

父母那一代人上班时，单位就像一个大家族的族长，每个职工的衣食住行什么的他都得管，负责给每家分两间平房，在院子里种一棵小白杨，炉灶里烧的煤是单位分的，锅里煮的土豆、白菜是单位派一辆大卡车从地头直接拉回来的，就连职工的孩子生病了，单位还会派医务室的大夫上门打针。夏天到了，单位会给每个人发一份夏季福利：两斤白糖、一筒茶叶，还有两包广东产的"乐"字牌橘子粉——哄孩子的东西都有了。

妈妈会仔细计算，把这些东西平均分配到每一天。我们眼巴巴地看妈妈把白糖和橘子粉分成一个个小份，她总会手下留情，最后在白纸上剩下一小堆橘子粉，当场就给我们冲了。热水冲进杯子里，橘黄色的颗粒舞动几下，慢慢融化在水里，橘子味弥漫开来。我们小心翼翼地盯着妈妈的手，生怕开水倒多了，橘子水就没味了。晾凉的过程中，我们一直在旁边盯着，一会儿就要端起缸子，尝尝还烫不烫。妈妈即便站在院子里，也总能如有神助般第一时间发现我们的企图，隔着老远大声喊："晾凉了再喝！"

午睡时间，妈妈坐在小凳子上，一边织毛衣，一边等冲好的橘子水晾凉了，再灌到我们的军用水壶里。当时要是哪个学生的水壶里装的是这种饮料，实在是很有面子的。因为这橘子粉泡的橘子水的味道，连上学的路上都是香甜香甜的。

剩下的橘子粉和白糖放在一个瓷罐子里，摆在平柜顶上。这个罐子在我看来，就像电影里阔太太装首饰细软的百宝匣，家里的极品食物，包括爸爸出差带回来的北京红虾酥、江米条和广州带回来的椰子糖，都藏在里边。罐子的高度，刚好超过我踮起脚尖、伸直胳膊的长度。但一旦踩上小板凳，那绝对是手到擒来。

不是舍不得给我们吃，而是妈妈设置了一点儿难度，以此来控制消耗速度，达到细水长流的目的。在缺吃少穿环境下培养出来的那股馋劲儿，若是丝毫不加限制，一斤江米条半天就能吃光，而橘子粉也会被我们偷偷吃掉。

吃，而不是喝。周立波说他小时候家里有麦乳精，大人要求是盛出一小勺，用热水调着喝。实在馋的时候，他就不甘心用开水冲着喝了，而是偷偷地直接干吃一大口，真浓真甜真香，每次都黏在上牙膛上，半天舔不下来。橘子粉也一样，正常情况下兑水喝，馋到一定程度，就非得干吃一大口才能过瘾，又甜又酸，爽！

20 世纪 90 年代初，可口可乐公司产品初登大陆市场。母亲曾花 4 块钱买回一瓶 1.25 升的芬达，却发现无论是热水冲还是冷水兑总是索然无味，一怒之下，她拿着剩下的半瓶去了副食店找人理论。营业员告诉她这是直接喝的。她连呼上当："这么贵还不是冲的，哪有橘子粉上算！"

军大衣

　　都承认吧，世界上所有的人都是势利眼，只不过对不同的人来说，标准可能是衣服，可能是口音，可能是不沾阳春水的纤纤玉手。对于 20 世纪 80 年代的人来说，是看你穿没穿一件军大衣。

　　先是大学和一些单位重新装修了文体活动室，借来音响，拉上彩带，举办周末舞会。到了晚上，霓虹灯一亮，楼里隐约传出嘭嚓嚓的舞曲，神采飞扬的女孩子穿着时髦的十六片半裙，互相挽着走，一起走向舞厅，穿着大尖领衬衫的男生已在那里恭候多时。

　　在学校，新年舞会是最隆重的，这隆重不仅是因为它处于除旧迎新的转折点，更因为多数男生都会施展手段，想办法从外校请来一位女生参加舞会，三步，四步，一直舞到"友谊地久天长"。

　　当时的交通工具仅限于自行车和公交车，要想在室内穿得潇洒又不想在路上受冻的话，一件军大衣就成为必需品。

　　栗色的栽绒毛领护着脖子，带着皮草特有的奢华；草绿色斜纹咔叽面料，结实笔挺，气宇轩昂；内里充着厚实保暖的棉絮；双排铜纽扣，充分体现出制服的威武。双手往衣兜里一插，走起路来，任凭底襟随双腿一前一后摆动，煞是潇洒。若是女生，就再配上一条红白相间的大拉毛围巾，在威严中更添了妩媚。

军大衣在大学里率先流行开来，很快就成了全社会的流行服饰，只需 30 块钱，就能时髦又暖和，白天穿着风光，晚上压在被子上还特别保暖，非常划得来的。于是，一进入冬天，不分阶层、不分男女、不分职务、不分老少，几乎每人一件军绿色棉大衣。在边防哨所，寒风凛冽或大雪飘飘中，端冲锋枪屹立如青松的年轻战士当然穿着军大衣；报纸上领导们视察、慰问、劳动时，也人人穿着军大衣；单位年底发福利品，也是一件军大衣。

直到 20 世纪 90 年代初期，军区附近的军品商店还能以正宗、优质、时髦的军大衣吸引来大批时髦的年轻顾客。要风度又要温度的姑娘会来这里选一种腰身窄小、造型秀气、号称文工团女兵穿的裙式军大衣。原本笨重的军靴也分化出了皮质细腻的"文工团版"。

20 世纪 90 年代中期，以前以产地和品质见长的上海货、天津货、军品突然被明星代言的名牌取而代之。军大衣的型号不重要了，面料是纯棉还是涤棉也不重要了。有钱人买了名牌裘皮大衣，即使没什么钱，也可以选择名牌的呢子大衣或者又轻又软的羽绒服。只有到旅游景点看日出，才能发现它仍然存在——几乎每个山顶都有"军大衣出租"。

加厚羽绒服，保暖内衣，科技新产品发热纤维，"风吹皮毛毛更暖，雪落皮毛雪自消，雨落皮毛毛不湿"的裘皮，每个都承诺给我们一个暖和的冬天。我没说非穿军大衣才像冬天，我只是怀念穿着军大衣、坐在二八自行车后排座上体验过的心跳，怀念那些虚度的有些鲁莽的青春。

军裤和锅刷子

　　不管本土的语言学家怎么向着山西，说"闹他"的"闹"绝非不文雅的字，可它说起来、听上去多少都带着暴力的色彩。2012 年 CBA 半决赛第四场之后，有人劝山西球迷：如果要去北京看球，千万别穿"闹他"衫去，这个时候还去"闹他"，就成挑衅了。好言相劝更证实了这个字被赋予了如何强大的感染力和爆发力。田野写出"闹他闹他，一起闹他，闹展他！"的 rap，我相信如此生动的太原话正在以一种令人难以置信的速度流行起来。

　　每次听到有人夸"一看就是外地人""你说话没有太原味"时，心里都有点小得意。可这次一听"闹他"，心里那个来劲啊，觉得太原话好可爱。

　　20 世纪 80 年代，上初中那几年，每个课间休息、每次放学，耳朵里充斥的都是"闹他"。虽然 30 年再没听过，可它还能让那么多人热血沸腾，显然它已经深深植入我的记忆中了。

　　口出"闹他"的同学，一律身着绿军裤，后来又出现了蓝色的警裤。那时部队官兵不像现在有作战服、常服、常礼服之分，一套军服全天候穿。因为布料弹性很差，为了做摸爬滚打等战术动作不碍事，军裤都做得肥肥大大，穿着就像两条晃里晃荡的大麻袋。如果裤腿收得紧一点，就和这两年时髦的哈伦裤差不多，多数人穿了邋遢，却总有几个人能把它穿得玉树临风。在一本机上读物《中国民航》中看到，20世纪70年代的空中小姐也穿大裆军裤，想必那也别有风情的。真正的军裤很难搞到，我那些同学穿的多数是仿制品，只不过保持着肥大的流行要素。

"闹他"，太原方言，收拾他的意思，常见于太原街头，双方一言不合，一句闹他，便拳脚相向。这是网络词典的"闹他"词条。这个释义显然更多地适用于我成长的那个时代而不是如今的篮球场。30年前，每个学校里都突然冒出一帮不好好学习、永远坐教室最后一排的男生，一放学便扬眉吐气站在校门口。也许一个眼神不对，就是一顿暴打，不过多数时候还保持在口头挑衅的初级阶段。

在穿军裤这件事上，少数女生已经有了争取性别平等的意识，同样的绿，同样的肥，唯一区别是女式军裤的开口在侧，男式的在前。和男生一样斜着眼睛看人，口出狂言。发型虽然也是简单地用皮筋一扎扎成两把锅刷子，可我的锅刷子梳得低，低眉顺眼，她们的锅刷子扎得高，高得壮志凌云，需要我去仰视。

曾经很疑惑，为什么改革开放后的中国，掘到第一桶金的净是当年的差等生。"你想人家，天天挨老师批，每天出去打架、挨打，还得挨好学生的白眼，可能他中学也毕业不了，毕业了也找不着工作，这么长大的人心理素质得有多好？"这是我听到的最靠谱的答案。第一个在街边练摊的人，必定充满了大无畏的勇气，必定是学校里穿军裤、挥拳头的男生中的一位，而他也有一位梳锅刷子的铿锵女友陪他坐硬板去广州进货。

坐在滨河体育中心，听着不绝于耳的"闹他"，我傻笑着，却喊不出这两个令人难为情的字。就像 30 年前，我只能景仰地望着那些穿军裤、把锅刷子高高吊起来的同学。我相信这个宇宙里一定存在着一个与我的世界相平行的世界，在那个世界里，他们使用着和我一样的语言，表达的却是我永远听不懂的意义。

垃圾游乐场

有皱纹的地方，表示微笑曾在那里待过。因为这句话，我试图和岁月留给我的一切和解：手背上突然多出来的一颗雀斑、不再光滑的大脚趾、度数加深的眼镜，还有膝盖上的伤痕。如果没有这块人字形的伤疤，我如何说服自己相信，堆成小山的工业垃圾是多么富于魔力。

据说现在太平洋里有个巨大的垃圾场，比两个美国还大，马上就成世界第七大陆，成灾了。放到30年前，谁舍得把东西随意归类到垃圾里呀，只有花盆里死去的玻璃翠、长绿毛的甚至一掰能拉丝的馒头才会被扔掉。堆在角落里的垃圾总是恶形恶状，还散发出难闻的味道。所以当我和邻居家的孩子在工厂外面发现卡车倒下的一堆垃圾时，都惊呆了：地上一块块银灰色的东西在太阳底下闪着簇新的光，大小相近、外形齐整，专门生产都生产不出这么漂亮的东西，就这么扔了？

大家一齐冲向小山包似的、银光闪闪的垃圾堆。两条腿一下子陷下去，这才发现里面是虚的。使劲把腿拔出来，深一脚浅一脚爬上坡顶，再转身跑下来，往返一下午，其乐无穷。

当我又一次摔倒在垃圾堆上时，一块垃圾嵌进了我的左膝，虽然很浅，还是流血了。我不得不停止了向山顶的冲锋，坐下来查看伤口。坐在一堆垃圾当中，我逐渐安静下来，把一块垃圾拣起来，看看，扔到远处，再拣起另一块。突然，我在自己手中发现了一块菱形的白色薄片，能看出千层饼似的一层一层的结构，中间厚，四周薄，薄到最后成了极细的鳞片，仿佛一捏就碎。举到眼前，对着太阳看，光竟然透了过来，这家伙是透明的！

这堆垃圾成了全院孩子的游乐场，在无意义的、爬上爬下的追逐中咯咯笑着，越来越多的孩子和我一样扒开垃圾寻找透明的薄片。这些迷人的薄片，白色居多，最漂亮的是淡金色的，透过它看出去，真的是镀金的世界。

后来有大人告诉我们，这叫云母。

很快又有人在垃圾堆中找到了火石，躲在暗处，两手各执一块，使劲撞，享受着击石取火的成就感。

那时候学校经常会布置一些很具体的作业，捡马粪、交向日葵种子什么的。有一次听到老师布置每人交一筐炉渣，我特别兴奋，在长凳上扭来扭去，强忍着不说出自己的秘密：我的那个亮闪闪的垃圾堆就是炉渣堆成的呀。

别的同学交来的炉渣都是自己家炉子底下掏出来

的，不仅数量少得可怜，而且看起来小小的、灰扑扑的。工业用煤和家庭用煤的品种不同，锅炉温度也不相同，我拎到学校的炉渣不仅块头大，而且整齐漂亮，羡煞了旁人。

"炉渣是要用去盖大楼的，打地基用。"老师的话让同学们倒吸一口凉气：电影里那种好几层的大楼？就用这东西盖？

1978 年，小县城里出现了我平生所见的第一个工地——一个深深的大土坑，里面的机器轰轰作响。我问老师，那底下有没有我的炉渣。老师说，盖大楼只要家里烧出来的炉渣，你的炉渣不合格。

因为老师的否定，因为我有了一条苹果绿的布拉吉，垃圾堆不再是我的游乐场了。上学路上远远望过去，它的夺目光彩似乎也黯淡了。只有留在膝盖上的伤口迟迟不愈合，在第二年形成了一个刺青般的人字形，永久地构成了我人生的一部分。

喇叭裤

真善美三位女神总是一起出现。1978年，当"真理"这个词开始在中国的大地上变得神圣，喇叭裤也进入了人们的视野，这个张扬的名字，像大声朗诵给这个时代的青春宣言，于是，它所向披靡，迅速横扫了神州大地。

喇叭裤是通常意义上的裤子的反动。它与人体体形的上大下小的走向背道而驰，而采用上窄下宽的剪裁，腰部、臀部和大腿紧缩，近乎贴身包裹，从大腿的下部开始逐渐放大，到裤脚部分达到极点。最保守的喇叭裤是八寸裤脚，看起来更像直筒裤，可以穿去上学，站在校门口检查风纪的校长很可能只是看看你，挥挥手就放你过去了。越时髦的人裤脚越宽，所以最大的裤脚达到了两尺，整个人像出水芙蓉般亭亭玉立在两条超稳定结构的裤腿之上。

裤腿长及脚跟部，需要鞋跟加高的皮鞋相配，否则裤腿难免拖泥带水。于是高跟皮鞋出现了，而且要钉上鞋钉，钉得越多越好，咔嗒咔嗒敲打着柏油路走过来，比二战电影里的盖世太保还神气。

为了与宽大裤脚达成视觉上的平衡，人的发型变得有体积感了，女士去理发店烫了爆炸头，男士把刘海留长，剪个鬓角长长的飞机头。白衬衣的领子也变得又长又尖，还要翻在春秋两用衫外面，像一只翩翩蝴蝶，和喇叭裤脚遥相呼应。

有一期《大众电影》的封面是张瑜穿格子衬衫加牛仔喇叭裤的时髦造型，李连杰演《少林寺》出名以后，也拍了一组穿喇叭裤的照片。不过他俩都比不上日本电影《望乡》里穿喇叭裤的栗原小卷，她扮演的女记者面容俏丽，气质优雅，再加上优美的身体线条，为喇叭裤做了最具煽动力的广告。

片子快结束时，栗原小卷对阿崎婆说："冬天来了，喇叭裤灌风，我就不穿它了。"这句台词为很多喇叭裤的反对者提供了新的论据。喇叭裤首先冲击了视觉上的惯性，更因为凸显了臀部和大腿的曲线，有流氓嫌疑。从实用角度看，光是一条两尺宽的裤脚，用的料就超过了腰围。平白放大的裤腿，在还需要凭票证购买布匹的年代，造成了很大的浪费。

艾敬在《艳粉街的故事》里唱："有一天一个长头发的大哥哥，在艳粉街中走过，他的喇叭裤时髦又特别，他也因此惹上了祸，被街道大妈押送他游街，他的裤子已被撕破，尊严已剥落，脸上的表情难以捉摸。"歌词不是瞎编的，《读书》杂志上有人回忆，当年真有官方报纸义正词严地批判过喇叭裤："当下某些时髦青年，头发留着大鬓角，唇间蓄着小黑胡，上身花衬衫，下身穿着喇叭裤，足踏黑皮鞋，手提放着邓丽君《甜蜜蜜》情歌的双喇叭收录机，招摇过市。这些青年人是在盲目模仿西方资产阶级的生活方式。今年，上海某服装厂做了几万条喇叭裤，男不男，女不女，怪模怪样，又难看，又俗气，甚至从背后看已经难以区分男女了，因此，领导批示不准出售。各地方动员起来，团员、青年上街纠察，禁止青年穿喇叭裤。若是遇到不听禁令的，可以动剪子强剪。"

不过至少在太原，这些措辞严厉的禁令没有人真正使用剪刀来执行，反对者更多的是通过目光和下撇的嘴角来表示自己的态度。真正打倒喇叭裤的不是目光和嘴角，而是中国人刚刚接触到的一个新词：流行周期。喇叭裤贴身的髋部被放大，宽大的裤脚被缩小——萝卜裤来了。

劳保手套

大学毕业后，爸爸曾在工厂的一线工作过 20 多年。每年能领到工作服一套，雨靴一双，翻毛大头皮鞋两双；一个月领劳保手套两副，一副是帆布的，一副是棉线的。上小学时，班里个子蹿得快的男生，就能勉强穿蓝色劳保服了，配上棕黄色翻毛皮鞋，走起路来踏踏作响，不仅神气，而且是工人阶级高贵身份的象征。我们家三个女孩，无缘享受大头鞋，这成了爸爸莫大的遗憾。精打细算、缝缝补补节省下来的新工作服、翻毛皮鞋、高筒胶鞋、雨衣，他都要攒上几年，等稍具规模后就要带回老家，亲戚都当宝贝似的稀罕。

我们能享用的只有棉线手套。先由爸爸拆成棉纱，每次拆到指头和主体的连接部分，妈妈都会放下手里的活儿跑过来，叮嘱爸爸小心点，千万不要拆断线。

拆出来的棉纱卷曲着，一泡到水里就神奇地变直了，晾干后绕成一个个线团，再由母亲一针一针为我们织成贴身的线衣、线裤。我第一次对衣服的材质有印象就是因为妈妈总说："纯棉的，越洗越白。"洗过多次之后，有点显脏的乳黄色线衣果真慢慢变成了漂亮的乳白色，软软地贴在身上，特别暖和。穿来穿去都是些白色的线衣不好看，又不经脏，妈妈就差遣爸爸去化工原料商店买颜料回来，把棉纱染成各种颜色。这些线衣线裤穿上几年还能拆了再染再织，直至烂得掉渣，卖给收破烂的人。

所以在我的记忆中爸爸从未戴过柔软而保温的线手套，满是老茧的双手上套着的永远是硬邦邦的、不合手的帆布手套。因为厚笨，洗完了总是拧不净水分，挂在铁丝上水还一个劲儿滴答。第二天早上一看，果然没来得及晾干，爸爸只好匆匆戴上手套就出门了。

前些天从网上买了一包据说是出口日本的户外防灾应急包回来，有哨子、折叠式迷你工兵锹、医用急救药包、防水火柴、压缩饼干、报警灯、两头带钩子的救援绳什么的，最底下是一双手套，白色的，棉纱的，乍一看和爸爸的劳保手套一模一样，戴上试了试，才注意到两个手心里都有橘红色的橡胶涂层，专业术语叫浸胶，能起到防滑作用。

拿了几双这种新式劳保手套给爸爸，爸爸试了试，喃喃自语：戴上它能做什么呢？父亲有两双皮手套，冬天骑电动车的时候戴。洗碗池的上方倒是挂了两只微波炉手套，是给我们偶尔在厨房打下手时准备的，爸爸从来不戴。再烫的馒头出笼，爸爸都是用双手直接拣到盘子里。

择偶阶段，见过一位男士，他戴着棉手套端蒸鱼的盘子还被烫得呲呲哈哈，盘子险些摔在地上。端着微笑斜着眼睛看着他，在心里狠狠划掉了他的名字。男人要用手套？没有一双瘦削的、有力的、青筋暴突的、结着厚厚老茧的、不怕烫的手，咱就此别过，好吗？

烙铁

　　有一期鉴宝节目，持宝人拿着一块扁扁的、黑乎乎的东西走到台上，把好多观众都考住了。妈妈一眼就认出来了："这不是烙铁嘛！"经过专家鉴定，还真是民国时期的烙铁，当时讲究人家的必备工具，用来烫衣服的。

　　"就是熨斗啊。"我也想起来了，我小时候家里有个烙铁，就叫烙铁，不能叫熨斗，因为它没连着电线，没有锃亮的电镀，没有温控电路，就是一块锈迹斑斑的铁，唯一比电视上那个烙铁多的是一根长长的铁把儿。

　　用之前，先在火炉子上摆个铁架子，烙铁放在上面烤一会儿，妈妈会离得远远的用手试试烙铁辐射出来的热度，觉得差不多了，垫块抹布把烙铁提起来，在一块旧布上快速地来回移动，此举仍然是在试温度，同时把烙铁表面的铁锈擦掉，然后赶紧把烙铁放到早就在旁边铺好的衣服上，刺啦一声，扑上来一股白汽，然后再移到下一处，衣服慢慢变得平整了。所有的动作必须一气呵成，因为烙铁的温度很快就降低了，又得放在炉子上重新加热。

　　快速推动烙铁的同时，还要给衣料喷水：一是防止高温把衣料烫坏了；二是让衣料沾水后更容易烫平。一块铁疙瘩可不会附带喷水装置，喷壶也只是那些特别有钱的人家才有，这时候就需要口喷水雾的本事了——嘴里含上一口水，然后将水呈雾状喷到衣服上，越均匀越好。要达到这个效果，必须经过反复练习。

　　烙铁要在火上烧到什么温度，全凭经验。有一年春节，妈妈用最时髦的卡其色尼龙布给我做了件外套。为了达到最佳效果，妈妈坚持要先烫平整了才让我穿。结果，烙铁往外套上一放，母亲"哎呀"了一声，我一看，尼龙化了，衣襟上出现了一个大洞。

　　那年过年我穿的还是这件衣服，只不过从长款变成了短款，妈妈把烫坏的那截裁掉了。姥姥看了我们过年拍的照片，责备妈妈："不怕孩子腰着凉啊！"妈妈吃了教训，从那以后，即使后来用上了可调温的喷气电熨斗，每次熨衣服之前都得先翻开里子，选一处最不显眼的地方试试。

　　只凭着最简陋的烙铁，那时候照样有人能把自己打扮得体面讲究，裤子一定要先用烙铁烫出一水儿的直溜裤线才肯穿。穿这样的裤子，不可以随便偎在炕上或者坐在马路牙子上，更舍不得穿着这样的裤子拖泥带水到处乱窜。穿着带裤线的裤子，到哪儿都要求自己得站有站相，坐有坐相。小孩子因为穿了有裤线的裤子，突然被人夸奖——"有了人样"。

炉火便宜坊

在一本杂志上看到舒绣文儿子写的回忆录，说他们家小时候，橘子吃完，皮不能扔，要放在火炉边上烤干，拿去卖给药店，每斤三毛五分钱。他不想去，舒绣文一生气，就要自己去。

20 世纪四五十年代的女演员中，数白杨长得最漂亮，舒绣文演得最好，是新中国第一批国家一级演员，一个月挣三百多块钱。就连她家的橘子皮也不能随便扔，何况普通人家。

30 年前，橘子本身很罕见。有一年冬天妈妈去四川开会，带了十几斤蜜橘回来，全办公室的人都知道了，纷纷到家里来分。妈妈还专门为此借了一个天平秤回来，一边称重一边收钱。剩下的蜜橘久存不住，所以妈妈由着我们姐妹三个痛痛快快地吃了几天。

橘子吃完了，却还有数不清的橘子皮，于是接下来的日子里，屋子里都弥漫着一股带点苦涩的清香味道。把新鲜橘子皮摆在炉子最上面的四个边上，在炉火余温的烘烤下，饱满的橘子皮一点点干瘪下去，颜色也日渐加深，等它呈现出老成的棕褐色，就可以用来泡水喝了。

　　除了烤橘子皮，炉子的余温还能用来烤土豆。烧得很旺的炉膛底下，有一个空间专门接炉灰，这就是烤土豆的地方，这里既有充足的热量，又不会因为温度过高把土豆烤煳。用火钩扒开炉灰，把洗干净的土豆埋进去，再用火钩把它推到最里头。等上一两个小时，土豆的香味就慢慢渗出来了。再耐心等上一会儿，呵着双手，把土豆从炉灰里扒出来，抹掉上面的浮灰，撕了外皮，就能吃到又面又沙的烤土豆了。若能蘸上一点酱油，堪称完美的零食。

　　用的是炉火的余热，烤的是本来没用或者很普通的东西，结果却总是令人惊喜。现在烤点东西方便得很，用烤箱、用电饼铛、用煎锅，可以烤土豆、烤橘子皮、烤鸡翅、烤羊肉串，专门花上电、花上煤气、花上专门的时间去做这件事，似乎让整个过程少了一种味道。

　　好莱坞拍过一部极为抒情、节奏缓慢到我以为是一部心理成长纪录片的电影——《大河恋》，布拉德·皮特演一位钓鱼高手，抛出的渔线在空中划出一道漂亮的弧线后，慢慢坠入河里。看到大鱼，他便猛地抖动鱼竿，鱼竟然就这么上钩了。这种钓鱼法，是不用鱼饵的。

　　越少借助工具，越是炫耀技巧。皮特不仅省下了一段蚯蚓，还炫耀了人这种动物，怎样高明地把握着他和造化的关系，就像我们小时候，不费吹灰之力，就有了烘干的橘子皮和香喷喷的烤土豆。炉火边的乐观等待中，是父辈在秀他们的生活技艺。

旅游鞋

买跑鞋是为了跑步，买足球鞋是为了踢足球，那么买旅游鞋是为了旅游？——非也。

20世纪80年代末，我在济南上大学，一进校门就听说青岛人看不起济南人，认为济南人"土气"。青岛来的男生女生一眼就能认出来，他们不分季节，总是穿着白球鞋，走在校园灰扑扑的小路上，一抬足就像如今的粉丝们手里挥舞着荧光棒一样，专事吸引眼球。

再仔细看，白球鞋和白球鞋也不一样，有的是最普通的白帆布面的胶底回力鞋，有的是前后两头都翘起来的尼龙面运动鞋，脚后跟上头印着"DOUBLE STAR"（双星），是青岛名牌。还有一种高帮皮面的白球鞋，鞋面最前头的三角等距离排列着小孔，再往上的位置轧着同色的装饰块，看起来特别高级。在市中心的自由市场上，我从一位摊主那里知道了这种鞋的名字——旅游鞋，鞋子侧面有红色豹子标志，叫飘马，是外国牌子，可有名了。

这个自由市场成了我的博物馆，每到周末，坐上公交车到那儿参观，看看卖旅游鞋的摊位上来了什么新花样，出口转内销的文化衫上印着什么字，新开的外贸商店里来了什么样的真丝裙子。光看是不要钱的，而且还可以动手摸，就是以这种方式，我和萌芽不久的市场经济进行了零距离接触。我想象不出这些鞋会卖给什么样的有钱人，我当时的生活费是一个月70块钱，最阔绰的同学，一个月的生活费也不超过100块，而一双飘马旅游鞋要120块，和博物馆里的宋代瓷器一样，昂贵到了激不起任何拥有它的欲望。

大四那个寒假，表哥从广西来我们家做客。他一直在铁路系统工作，走南闯北，见多识广。一见我们姐妹三个，就大叫起来："给你们每个搞一双旅游鞋穿穿！"真的啊？我们三个对视一会儿，话都不敢说，生怕一点动静就会把表哥的想法给吹散了。

解放百货大楼里，表哥一手叉着腰，一手指着柜台里的旅游鞋："火炬的，三双！"当时人们最推崇上海名牌，火炬系出名门——上海运动鞋厂。表哥说，中国竞走运动员周余愚20年代在万国竞走锦标赛中夺得个人和团体两项冠军，被誉为"神行太保"，他比赛时穿的"傅中兴"运动鞋，就是火炬的前身。一双火炬88块钱，虽然比不上自由市场的飘马，在百货大楼绝对是最贵的鞋了。

为了搭配火炬牌旅游鞋，我们又去海子边服装市场一人买了一条黑色的尼龙踩蹬裤，腰上是松紧带，脚底下也是松紧带，穿的时候踩在白色旅游鞋里，整个人看上去像一个大大的V字，特别时髦。

旅游鞋可以搭配衣橱里所有的衣服、西装、夹克、牛仔裤、连衣裙，当然更可以搭配运动衣，它还适应所有的场合，能穿去上班，穿着参加婚礼也不失礼，我穿着旅游鞋唯一没有体验过的事情是旅游。

为了跟旅游鞋形成上下呼应的效果，接下来我花 10 块钱在大南门外贸服装店里买了一顶棒球帽，印着大大的黄色双拱——M，底下一排小字——McDonald's。

穿着旅游鞋、踩蹬裤，我坐上了回学校的火车，手里捧着一本名字暧昧的书——《第二性》。一路上我都不肯摘下帽子，我不知道自己是在义务为美国快餐店做广告，还自以为穿着旅游鞋、戴着棒球帽一心一意扮演着帽子上写的那个响当当的名字——麦当娜。

铝饭盒

"下次值班给我带饺子吧。"

"你们食堂不是有饭吗？"

"不行，我想带饺子。"

"咱家离得这么近，到时候我煮好了给你送过去吧？"

"不行。咱家不是有饭盒吗，饺子装里头，我值班时带去，中午在食堂热一下。"

在一位医生朋友家做客，他和太太的这段对话搞得我十分抓狂：为什么呀？一个医生，一个从不胡思乱想的、一板一眼的人，他这是为什么呀？饺子还是家里做的饺子，吃饭的人还是那几个同事，时间还是午餐时间，唯一变了的因素……嗯，我知道了，他这是想念铝饭盒的味道了。

小时候，几乎每个单位都有食堂，食堂除了卖饭、卖菜外，还有一个重要功能，就是蒸米饭。早上，妈妈把生米装进铝饭盒，带到单位，上午休息时去食堂淘米、加水，然后把自己的饭盒和大家的一起排成队，大师傅统一拿进厨房去蒸。等中午回家时，大家再一起把蒸得满满的一饭盒米饭带回家。

　　用铝饭盒蒸出来的米饭有一种特殊的味道，很软，好像还有一点淡淡的生冷的金属味，虽然家里平时蒸米饭的锅也是铝的，但怎么蒸也蒸不出铝饭盒的味儿，可能是少了蒸熟过程中混进来的食堂各种饭菜的综合味吧。

　　妈妈用铝饭盒蒸米饭的技巧越来越复杂，她先是尝试用土豆和米饭一起蒸，后来又加上一点盐，最后改成土豆、鸡块、油、盐炒一下再和米一起蒸，这样一盒米饭带回家就可以不用单独炒菜了。

　　春游时，我带的就是这样一盒米饭，饭盒包在厚厚的棉手套里，再包上一层塑料布，再放进书包，可这仍然不能阻止香味从书包的棉布孔里钻出来，终于等到中午，大家围着一个树桩坐下，拿出的饭盒还是热乎乎的。

　　我见过的铝饭盒都长得一模一样，圆角长方体，分为大中小三种型号，盒盖上打着"光明""曙光""红星""金杯"，北京铝制品厂最牛，在菱形框里打了一个"京"字。我们家的饭盒上打的是比较少见的"东方红"，沈阳市铝制品厂制，显示它是母亲从娘家带回来的。

　　铝的质地很软，所以饭盒没用上多久，盖上就会出现一个个瘪下去的坑，盒盖的边缘也被挤压出波浪形的卷曲，扣不严了，只好绑一个松紧带。破损到一定程度，盒身上出现了洞孔，爸爸就会找出家里的旧铝丝，穿过小洞，砸扁，漏洞就补上了。

饭盒是一种容器，除了能盛饭，还能做凉粉——调好的淀粉倒在饭盒盖里，薄薄一层，放在热水里晃一晃，等白色的淀粉一块一块变成透明的，就可以揭起来了，于是我们就得到一张长方形的粉皮，然后切成条拌凉菜。

上中学时，学校离家近，我每天中午回家时都特别嫉妒那些往学校食堂走的同学，她们的饭菜早就在锅炉边热上了，这样她们上课时就能交流自己带的午饭，下了课能一边说笑一边打闹，一起吃完饭还能一起洗饭盒，所以她们和这所学校、和自己的同学有更为紧密的联系。不能带饭盒去食堂吃饭，让我的青春缺了一个小口。

绿皮车

　　许多战争的初始格局往往就是战争的最终结果，而人生所能达到的高度，很大程度是取决于他幼年时敢打敢拼的冒险精神。

　　20 世纪 70 年代初，在新疆当空军地勤的二姨回东北探亲，专门选择了一条途经山西的路线，在我们生活的小县城住了几天。临走时，她看着那些天像跟屁虫一样围着她转的姐姐，开玩笑："走吧，二姨带你回沈阳？"

　　"我就是想出去看看，去哪儿都行。"姐姐跟着二姨走了。我在门口看着她们离开，不时从口袋里摸出一粒又大又绿的新疆葡萄干塞进嘴里。

　　奇迹是姐姐回程时创造的。从沈阳回我们家得在北京转一次车，二姨送她上了车，告诉她：你舅在北京接你。舅舅接到电报，距离火车到站只剩下 20 分钟了。慌慌张张骑自行车从丰台赶到北京站，舅舅连姐姐的影子都没找到。从上午找到中午，舅舅无奈地骑车回了家。一进院门，就看见姐姐坐在楼道门口，舅舅惊喜万分："你怎么来的？"姐姐说："在火车站雇了辆三轮，我记得你家的地址。你去门外头看，钱还没给人家呢。"

那年姐姐 7 岁，刚上小学一年级。她就这样成了我的偶像，并且随着岁月的增长而日渐成为一个传奇。

我童年的火车之旅都是在妈妈的羽翼下进行的。在我生活的小县城，快车停靠的时间是 3 分钟。绿皮车一停，先一个一个把孩子放上去，再把包裹递上去，最后妈妈自己再跳上去，而这些都是在没有站台的路基上进行的。回程就更紧张了，孩子、包裹还在，多了姥姥给的东北大米、鸡蛋、新衣服。终于上了车，妈妈开始沿着整节车厢追问："您在哪儿下车？"然后站在最先下车的人身边，等着他腾出的座位。

一有了座儿，火车上的幸福时光就开始了。美国作家保罗·泰鲁20世纪80年代初坐着火车游历了中国，他发现自己所处的被绿色铁皮包裹的世界要比外面的风景有趣多了。在这个移动的长龙里，人们用惊人的热情嗑瓜子、打牌、聊天和喝茶，每个人都好像在度假，总有无限的创意来打发时光——"中国人'生活'在火车上。"而买到站票的不幸者则被激发出惊人的潜能，他们睡在行李架上、椅子底下、厕所或垃圾堆里，还有睡在椅背上的，就一个拳头宽的地方。

记忆中的火车旅行，白天是不喝水干吃江米条，晚上是趴在小边桌上稳稳当当地睡一觉，直到20世纪90年代初，这两样压身绝技才终于派不上用场。

那时候的火车都是绿色的，源自计划经济时期对苏联忠诚的模仿，同时也是一种战时审美遗留。绿皮车曾经代表着希望和力量：挥汗如雨的司炉工是劳模的常见形象，伸出半个身子手搭凉棚眺望远方的火车司机是祖国开拓者的化身，盘旋在大山里的绿色长龙是新中国工业精神的象征和写照。

20世纪90年代初，橘红色的25型客车面世，它定员更多，更安静，还装了空调。油漆剥落、墙板开裂、车门关不上、车窗打不开、积满污垢、气味难闻的绿皮车先是被主干线淘汰，继而是支线，现在大概只有在郊区的铁路职工通勤车上，还能看到那熟悉的绿色。

就像电影《周渔的火车》，绿皮车上曾经发生过许多浪漫的故事。同样的故事，在越来越快的火车上逐渐失去了生存的空间——还没来得及邂逅，还没来得及惆怅，车发动了；等你终于鼓起勇气想问她的名字，火车已经到站了——爱情是光阴的故事，没有了光阴，也就没有了故事。

马粪和苍蝇

和大连的好朋友在 QQ 上聊天，不管聊什么，她都能很巧妙地把话题引到她刚买的新车上去。连续几次抵制失败后，我只好不情愿地顺着她说："早上开车去哪儿了？"她说："女骑警基地，抢马粪。"

她家有一个老院子，种着树，种着菜，种着花，是需要肥料，可是，去抢马粪？

"人可真多，亏我六点半就去排队。尽是开车来的，路都堵了。女骑警说了，面对这么旺盛的需求，马感觉压力山大。"从照片上看，她家院子的角落里拱起了一个马粪小山包，收获还真不小。

我也抢过马粪。上小学时，学校要求每个同学每天交一袋马粪或者羊粪，不知道是要给哪里的农田施肥。从这个要求可以看出，那时候城镇生活距离农村生活还并不遥远，县属小学的班级里既有农村孩子也有城市孩子。我是在工厂里长大的，厂里不养马，经常能见到的动物只有家里养的两只兔子，还有食堂后院里养的猪，所以老师布置的这个任务对我来说极其艰巨。一位同学把他家里的一个长把手的小簸箕借给我，我开始跟在他后面学习捡马粪。

左手拿扫把，右手拿小簸箕，一看见马车路过就跟着。大部分的马屁股后面都有马粪兜子，但有时候也会不小心掉下来一些，我们就追上去抢，因为有很多人追着马车捡粪，晚了还抢不到呢。

学校有个很大的马粪堆，平时也没有人严格看守，我们捡了马粪就倒在那里。马粪交够一定数量可以换文具，所以有时候我们还会偷一点出来，换一支铅笔什么的。

马粪究竟脏不脏是见仁见智的事，苍蝇的脏可是人所共知，所以当年的爱国卫生运动有一项内容就是打苍蝇。老舍还专门为此写了一首儿歌："好儿童，讲卫生，打了蚊子打苍蝇。讲卫生，不生病，里里外外都干净。擦桌子，擦板凳，又讲卫生又劳动。除四害，最高兴，闲着就查老鼠洞。"

有一个暑假，我们整所小学校的同学领到的作业就是打苍蝇，开学后交，每 100 只装入一个火柴盒，交 1000 只以上苍蝇的学生才能评三好学生，否则学习再好也白搭。

整个假期，我和姐姐动员一切力量，包括年幼的妹妹以及邻居家的小孩，每天追在苍蝇的嗡嗡声后边，舞动着手里的苍蝇拍。暑假快结束时，我攒了 200 只，姐姐攒了 600 只。我们的苍蝇没有装进简陋的火柴盒里，妈妈把分析室用过的纸带回家，给我们叠了十个蜂巢状的白盒子，六面体，有棱有角，开一扇小窗，是一件漂亮的折纸作品。可是，200 加 600 也不够评"三好"啊。一筹莫展之时，邻居家一位小哥哥把自己攒的 200 只苍蝇无偿地送给了我们。

为了让姐姐能连续获得"三好学生"称号，我放弃了自己的苍蝇指标，全力保了她一个人。

梅花运动服

伦敦奥运会期间曾和朋友约在康隆商城门口见面，远远望到她的影子，紫色的金丝绒运动裤像长在腿上那么合身，配套的短袖上衣不仅同样勾勒着她美妙的曲线，背后还有一个水钻拼出的大大的五环。此情此景真让人追悔莫及，我只穿了一件碎花棉衬衣和牛仔裤，图舒服还穿了平底鞋。第二天，我赶紧买了一个米字旗图案的帆布双肩包、一套深蓝色的丝绒运动衣，当我正准备再添置一件印披头士头像的 T 恤时，奥运会结束了。

接下来的半年里，我陆续买了三套丝绒运动衣，黑色、深蓝色、更深的深蓝。美剧《绝望的主妇》里，美少妇加布丽尔就是穿着这样的粉红色丝绒运动衣，每天早上在紫藤郡的街头跑步，律师、清洁工、电工，郡上每个男人在上班路上都要想方设法瞄她一眼。

运动服什么时候变得如此时装化了？

我记忆中的运动服，就是大红运动衣加两条黄道，或者士林蓝运动衣加两条白道，商标上有个半圆环，象征着跑道。

这就是梅花运动服，两条道就是它的 LOGO。不过那还不是以品牌论英雄的时代，人们买衣服时谈论得更多的是产地和面料。梅花运动服的生产者是天津针织运动衣厂。妈妈买东西时，首选上海产地的，其次就是天津的。天津在20世纪七八十年代的民用品排行榜上位居第二。说到面料，梅花的面料很奇特，看起来是一层布，但里子和面儿完全是两回事，面儿上是涤棉交织的，触感光滑，不掉色，不缩水，不易起皱，里子是棉绒的，吸汗，而且妥帖紧身。

面料和产地还不足以引发一场"梅花热"。许海峰在洛杉矶奥运会上为中国夺得第一枚奥运金牌，在颁奖仪式上，他穿的那套大红色的运动服就是梅花牌的。女排夺冠后站在领奖台上，穿的深蓝色运动服也是梅花牌的。

有一个星期天，父亲背着借来的海鸥照相机，带我到附近拍照片。在康乐幼儿园的滑梯前，停着一辆上海牌小轿车，父亲让我站在车头前，扶着进气栅，侧对着镜头，拍下了一张照片。焦距没对好，我的傻笑看上去有点模糊，唯独胳膊上的两条白道特别清晰，那是妈妈刚给我买的梅花运动服。

无论上学、跳皮筋、到小河沟捡石子，我都穿着这套深蓝色的运动服。天气凉了，要穿毛衣了，毛衣外面套的还是它，因为面料有弹性，所以就算里面套棉袄，这套衣服看上去仍然很合身。

那一年，央视《世界体育报道》播出了电视片

《北京运动服装一瞥》。解说词说："孩子们的运动服大多都是蓝色的……蓝色，曾经是一种有名的历史的色彩，它总是使人们想起一律穿着蓝色人民装的那段不愉快的往事。可以说，孩子们身上穿着蓝色的运动服，一半表现着过去，一半表现着未来。"

棉猴儿

下了一点小雨，气温一下子降了十几度。妈妈看过天气预报打电话来："加衣服啊，出门记得穿上棉猴儿。"

妈妈说的是我的那件深蓝色渔夫大衣，并非真正的棉猴儿。

棉猴儿是我小时候穿过的半大衣。深蓝色的斜纹棉布做面，絮着厚厚的棉花，长度及膝，最特别之处是衣身上连着一个带尖儿的风帽，帽子上有一圈咖啡色栽绒。大概是因为穿上棉猴儿整个人从侧面看起来像只猴子，由此得名。"棉猴儿"在念的时候一定要带儿化音，才能显出它那股可爱劲儿。

翻译家董乐山在《何不食糜在西方》里提到过棉猴儿，"这种俗称最令人啼笑皆非的是'棉猴'，这原来是美军仿制爱斯基摩人罩头皮衣的军用大衣，搬到中国俗称竟叫'棉猴'，从语汇学角度来看，无论如何是不能成立的。"我的一位朋友痴迷军用品多年，告诉我棉猴儿是从美军20世纪50年代的作战服阿尔法M51演变而来的，那时候有些北京人管它叫美国猴儿。不过人家的衬里用的是人造毛，不是棉花，能水洗。

棉帽子、毛围脖、口罩、黑色灯芯绒五眼棉鞋，还有连指的棉手套，用绳子串在一起，挂脖子上，这些都是当年穿棉猴儿的标配。出门前的基本步骤是这样的：立正站好，自己使劲拽着里面的棉袄袖子，妈妈帮我套上棉猴儿，还得不时腾出手来扶我一下，免得我被棉猴儿带倒，再给我戴上一顶薄毛线帽子，然后罩上棉猴儿的帽子，最后套一个围脖，全身只留下两只眼睛露在外面。

当妈妈的总是希望孩子的衣服能多穿几年，所以棉猴儿总是比我的身型大两码，而且里面穿得太厚，胳膊不得不支棱着，转头都转不过来，被妈妈拽着就走了。

上初二那年的大年初一，要好的女同学穿着一件防寒服来家里拜年，防寒服轻薄合身，配上那种特别柔媚的浅紫色，穿棉猴儿的我嫉妒得一直到她告辞都不想搭理她。

没过两年，街上的棉猴儿就被香港传来的防寒服取代了，防寒服又很快被羽绒服代替了。时间一晃而过，棉猴儿从生活里消失了。

为了送孩子上学，妈妈学会了骑自行车。有一次她骑自行车带我去学校，在一条小土路上，对面来了辆牛车，母亲一惊，赶紧一骗腿，下了车。她忘了我还在车上呢！我被踢下去，顺着下坡路咕噜噜滚了好几米。母亲把车扔到一边，赶紧跑到我跟前，见我一动不动趴在地上，急忙抱起我，摸摸脸，摸摸腿："怎么了？摔着哪儿了？"我趴在地上望着母亲，乐了："哪儿都不疼，这棉猴儿厚厚的，啥感觉也没有。"

随着这个故事被一次又一次重新讲述，目前已经演绎为以下版本：妈妈把我踢下去以后还浑然不觉，等把牛车让过去，一骗腿，骑上车兀自走了——因着厚厚的棉猴儿，妈妈不仅没有感觉到她把我踹下车，而且没有听到此处应该有的啼哭声。

内部电影

　　"内部"，一个看似简单的词，却有着微妙的意思。内部是一个圈子，一旦进入这个圈子，你就成了自己人，可以享受内部的种种好处，外部则被隔绝在外。从前百货大楼有内部处理的商品，有微小瑕疵，以很低的价格进行销售，但仅限于百货大楼的工作人员购买。母亲的朋友——我叫杜阿姨的——是位北京知青，返城后被分配到前门百货大楼当售货员。曾经有一段时间，我们家的衣料都是杜阿姨在内部处理时抢到的。母亲那段时间最喜欢到北京出差，主要是因为可以在杜阿姨的担保下亲手抢些内部处理的好东西。

　　20世纪80年代初的某个冬夜，我被父母领到并州路上的红旗剧场看电影，第一次感受到了"内部"的好处。既是内部，当然不公开卖票。一般是单位内部发票，属于全体员工轮流享受的特供商品；或者是开会时招待与会者，叫业务参考。这个单位也不是一般的单位，父亲当时在厅局直属部门工作，所以隔一段时间就能领到内部电影票，而母亲所在的事业单位，就一次都没领到过。

　　正式放电影之前，会先放映一段纪录片或者科普片，当天放映的是阿波罗宇宙飞船登月的纪实片，我没看完就睡着了。后来被零星的枪声惊醒，银幕上仍然是那些分不清长相的外国人，衣服换了，鼓着包的航天服换成了黑西装。挣扎着坐起来，假装从来没睡着过，看看父母，发现他们只顾盯着银幕，我又放心地继续睡下去。又一次音乐大作，我被母亲推醒，电影结束了，过道上人潮汹涌而来，还有很多人坐在椅子上，等最后一行演员表出来才肯走。

虽然没有表，可我知道一定是半夜以后了。因为我已经睡了好几觉，可还是困得不行，而马路上，除了电影院周边，空无一人。事实证明我对时间的判断是正确的，母亲一连几天都在和父亲讨论电影里的女演员和衣服，我从中总结出那天晚上一共放了三部电影：《巴顿将军》《山本五十六》和《翠堤春晓》，晚上七点开始，怎么也得演六个小时。

安排放映的人深深懂得大家来看一次内部电影不容易，所以从来不肯只放一部了事，一般是三部，偶尔有两部，其中一部有上下两集甚至是上中下三集。电影从20世纪30年代的默片到最新的声光电化的巨制，其中必有一部是《雾都孤儿》《巴黎圣母院》《复活》这类的经典片。美国片、欧洲片、日本片，世界各地的片子观众都一视同仁，称之为"外国电影"。

除了红旗剧场，当时还有一个更"内部"的内部电影院是省电影公司院，那是更高级别的待遇了，我只跟着父亲享受过一次。坐在省政府派出的大轿车上，沿着迎泽街一路西行，很是威风。

　　街头有了通宵录像厅，许多人家有了录像机、录像带、倒带机这"三剑合一"的神器之后，内部电影就没那么稀罕了。随着互联网的普及，在各种视频网站和那么多兢兢业业的字幕组的努力下，内部电影的魔力被彻底消解。

年味

　　被誉为"美国饮食文学界的指路明灯"的费雪说，一次成功的家庭宴会需要提前一天开始准备。而许多中国人都知道，一顿成功的年夜饭至少需要提前半个月准备。

　　猪头第一个释放出年的味道。工厂派出大卡车统一从乡下买来一只只猪头，卸在厂房的空地上——分猪头的盛宴开始了。一只只笑逐颜开的猪头被人们挑出来，装进麻袋，放到油渍渍的落地秤上。

　　分猪头的队伍不太长的时候，爸爸称好猪头，会把我也抱到落地秤上，盯着标尺，带缺口的圆铁块取下来又摞上去，父亲很快就骄傲地读出一个数字。

　　那个冬夜的梦，就混进了烧猪头的味道。迷迷糊糊睁开眼，父亲果然又穿着工作服，坐在炉火前的小板凳上，先把自制的铁钩烧红，一点点把猪头表面的长毛燎掉，再用镊子把藏在里面的毛根拔出来，整个大猪头就可以放进大铝锅里煮了。猪头肉、猪耳朵、猪皮冻，整个猪头一点都浪费不了，就连猪骨头也会被收废品的人收走。

　　一进腊月，从工厂借来的压粉机也挨家挨户开始工作。拿出自己家的淀粉，和成圆柱状的面团，放到压粉机里。雪白的粉条一根根刚露出头，就落进下面热气腾腾的大锅里。等粉条一漂起来就得赶紧捞出来，用凉水过一遍，挽成团，放到盖帘上，放在院子里冻上。

离过年更近时，家庭任务就更多了。肉馅里加上切成细丝的白菜、葱和各种调料，这是要炸丸子；和好面，加盐加鸡蛋的，要被炸成馓子；面里加油加糖的，是要炸麻叶，晋北的麻叶并非太原人说的油条，也不是晋南的咸味软麻花，是把擀得很厚的面皮切成段，每段中间划一刀，抓住一头，从这个小洞里穿过去，扭出一个简单的花样，放进油锅里炸一下就好了。所有的东西都要过油，丸子、馓子、麻叶、油糕，年夜饭的准备工作就是这么奢侈，这半个月用掉的油，比整年用的还多。

东西做好以后，都收进北面的小屋。每次从小屋的门前走过，烧好的猪头肉、炸好的丸子和麻叶混合起来的味道，都把我熏得有些陶陶然。对我来说，这种油腻腻的富足感就是年。

在中国，越来越依靠饭店和肉食店的年渐渐失去了仪式感。饭店里能回家过年的厨师越来越稀罕，他们按要求，在除夕、正月初一、正月初五的中午和晚上，各交上一份名曰"团圆饭"的作业。

20多年前，希腊进入了盛大的消费主义狂欢。从那以后，希腊人要求自己的内裤、毛巾和太阳镜都是名牌产品，即便到了乡下，想找到一餐家庭出产的希腊美食也越来越难，进口的、品牌的迷住了希腊人的眼。后来严重的债务危机给希腊人上了一课：得把这顿的面包渣拣起来，才能避免下顿饿肚子。买过游艇又不得不卖掉的希腊人正在学着重新回家吃饭。

路边挂着的"家常菜""私房菜""土饭"的招牌，显示着中国人也正在发生微妙的变化，我们希望重新品味一顿家庭制作的，混合着手工感、唯一性、原创性和亲密感的年夜饭。

女特务

开车上路第一天，一位朋友坐在身边督阵。

"像个女特务。"看我挂挡、踩离合、踩油门、松手刹、松离合，车子慢慢动起来，朋友慷慨地把他所掌控的最高奖项颁给我。

哪里哪里，没有披肩卷发，没有船形帽，没有黄呢子军大衣，没有扭动的腰肢，没有斜挎的小手枪，没有嗲声嗲气的一声"报告"，我哪里敢称女特务！

女特务不是反特电影《黑三角》里潜伏的卖冰棍儿的老太太，而是老电影中国民党军营里的女话务员、机要员和执行特殊任务的女军官。配得上"女特务"这一称谓的，必须具备四个硬件：漂亮、妩媚、机警，还有一种当时说不上、现在想来应该叫作风骚的东西。

小学四年级，看学校包场的《永不消逝的电波》，每人五分钱。上大学的时候，学校电影院里放这部电影我还去过。两遍看下来，也只记住两个镜头，一个是孙道临在嘀嘀声中专心发报时那深邃而英俊的面庞，让我一直觉得戴耳机的男人特别帅；第二个是女特务柳尼娜大波浪头发下面一张红唇，说话柔声细气，S形身材走起路来摇曳生姿，出门还要戴一顶草编的大檐帽。以现在的标准来评分，这样一位风情熟女也完全有资格作时尚杂志的封面女郎，主题词就是"玛丽莲·梦露之敌特版"。

某年冬天，穿了一条米色的哈伦裤，配上黑色的长筒皮靴，往雪地上一走——"像王晓棠。"一位不善言辞的同龄男士罕见地评价我的新造型。

他说的不是《野火春风斗古城》里分饰金环、银环两姐妹的王晓棠，而是《英雄虎胆》里的阿兰。

比起柳尼娜来，阿兰多了一份马裤长靴的飒爽英姿，如罂粟花般神秘诱人。和我军打入敌人内部的侦察员初次见面那场戏，她扭着伦巴，激情四射的同时保持着冷静的表情，那一刻，"中国第一女特务"实至名归。

"导演安排她死是个败笔，她一中枪，动摇了我心里界限分明的是非观。她分明是坏人，可她太漂亮了。"说到这儿，同龄男士捂了捂自己的心脏："第一次知道心是长在这个位置的。那么漂亮，怎么会是坏人呢？"

看过一期电视节目《娱乐麻辣烫》，上海专栏作家小宝出语惊人："那个时候看咱们拍的战争片、反特片，你知道最吸引我的是电影里的什么人？——女特务。真的，那时候电影里的女特务真漂亮啊！全都梳着大波浪、歪带船形帽、身穿掐腰的美式军服，连播新闻都像在吹枕边风，非常媚，非常勾人，再看看电影里的女战士、女支书、女民兵，一个个硬朗得跟男人似的，哪有人家女特务招人啊！"

　　生长在和平年代，我们想象着一个乌托邦，那里没有好人和坏人，没有硝烟和看不见的战线，女人只分好看的和不好看的，长得好看的会因此被人们牵挂着、赞赏着，原谅她所犯下的每一个错。

排球女将

　　同学聚会上，一杯冰镇啤酒喝了半个小时才见底，最后一口酒喝下去，忽然心底涌起一阵小小的律动，这让我大吃一惊，这是一种混合着梦想和失落的感觉，有点儿熟悉，想捕捉却又一脚踏空。就像一个迷路的人，我着急地环顾四周，想找到熟悉的地标来确认自己的所在，于是我又讨了半杯啤酒，一口喝下去，No，不是它。目光在每位男同学的脸上认真地停留了一会儿，No，他们让我心跳的岁月已经过去 20 年了。我剥了一颗水煮花生，像刚才那样和着啤酒吃下去，难道是它？——No。

　　迷路的人有时候不得不退回原点来重新确认方向。我静下来，试图还原喝啤酒前周边环境传递给我的所有信号：仍在冒烟的烟蒂，服务生身上干净的汗味儿，邻桌女孩在电话里和男朋友起腻……把啤酒瓶抓在手里，瓶身上冰凉的温度传到手上，很舒服，可仍然不是它。

　　"韩国队一传又没有到位。"从空气中捕捉到这个声音的时候，迷途的心终于找到了坐标——排球女将。

　　1983 年，央视播出日本东映出品的 71 集连续剧

《排球女将》。这是一部描写日本女排刻苦训练、顽强拼争的电视剧，女主角小鹿纯子身怀绝技，"晴空霹雳""幻影旋风"所向披靡，却有一张清纯、甜美的脸，成了老少咸宜的青春女神。

当时日本人早已掌握了通俗情节剧的调制秘方，把剧情弄得紧张激烈又温情浪漫，亲情、友情、隐隐约约的爱情样样不缺，再加上青春偶像的效应、自强不息的励志主题，很轻松就把刚打开眼界的中国观众征服了。

女孩子们留起长发，头顶两侧各扎起一绺头发，这叫"小鹿纯子头"。小鹿纯子有小兔拉比和拉比二世，把中国兔子的地位也从牲畜提升为宠物。体育用品商场卖起了排球。学校的体育课程多了一门排球课。学校和社区的运动场上，突然都划出一块地，拉上网，成了排球场。穿运动短裤、戴护腕、腋下夹着排球走上赛场的女生成了男生最深刻的青春记忆。我的大学体育课老师有一双修长白皙的手，身高在一米七五以上的她喜欢站在队伍前面，让排球在手里转来转去，向我们训话，引得无数男生在操场边的护栏外驻足。

当时体育课按个头分班，个子大的打排球，个子小的练体操。同班一位湖南籍女孩子生得小巧，却自愿申请放弃体操，来排球班上课。她告诉我们，其实演小鹿纯子的荒木由美子还没她高呢。为了塑造排球女将的飒爽英姿，整个剧组为她把排球网降下高度，赛场里的坐椅、记分牌都按同比缩小了进行拍摄，剧组里的其他女演员们也都是参照荒木由美子的身材选的。我这才知道，《排球女将》原来是一群迷你版健将。

因为拼命跳起来也够不到网口，这位女同学最终还是放弃了自己的排球梦。看到她依旧在操场的跑道上像小鹿纯子一样双手背后兔跳、拖轮胎前进，在宿舍靠着墙壁倒立，你就知道为什么心灵鸡汤人士要让我们警惕那些有着人鱼线和肱二头肌的人：你在寒夜里贪恋被窝的温暖时，她竟然可以一个人在夜色中走向操场，这样的人，这样的意志，什么事她都干得出来！

皮鞋

　　良好的家世是比钻石、西装和手表更具说服力的炫耀资本。新结识的一位朋友，最喜欢在各种场合展示祖父、祖母年轻时的照片，一个穿西装、戴圆眼镜，温文尔雅；一个在花旗袍外披了一件西式裁剪的无领上装，端庄妩媚。能拍出这般照片的人，家境殷实自不必说——"这么说吧，我母亲是穿皮鞋长大的。"

　　这是一句符号化的表述，等于威廉王子站在肯辛顿宫前展示他的房产。照片拍摄于20世纪四五十年代，皮鞋在当时绝对属于又有钱、又有头脸的人才可能拥有的行头。就算到了20世纪70年代，一般人家也绝对不会花十几元钱去买皮鞋这种奢侈品的。

　　我的爸爸妈妈因为在大城市念过大学，又是双职工，收入不算坏，所以每人有一双黑皮靴，每到入冬穿上，到开春脱下来，擦干净，再打上一层猪油，妥妥帖帖收进纸盒里。当时全厂200多人，只有我家和一位北京辅仁大学毕业的叔叔才有皮鞋。

　　我上小学时，班里既有我这样县城里的学生，也有生活在附近村子里的孩子。因为父母是双职工，很少在家，所以我家就成了一个聚会点，每次一下课十几个人跟着我往回跑，顺路在地里偷点玉米和蚕豆，回到家就钻进桌子下面、床底下捉迷藏。就是在黑咕隆咚的床底下，我们扒到了爸爸妈妈的鞋盒子。

我们的兴趣先是在纸盒子上，把院子里的土盛进去装上满满一盒，使劲往空中扬，比赛谁扬得远。玩腻了以后，就开始琢磨这两双皮靴。半高腰的款式，黑皮子亮亮的，因为穿了很多年了，所以脚面上还出现了好几道深褶。这皮靴根本没我们脚上穿的布棉鞋舒服，还那么硬，揉都揉不动，一点儿都不好玩，所以我们很快把它们扔到了一边，到院子里追逐着疯跑。

只有一位小朋友对他平生第一次看到的皮靴念念不忘："我爸就没有。"

他爸爸我见过，是城关镇的一位民间医生。有一次我胳膊脱臼，就是在一个黑屋子里找到他爸爸，"嗒"的一声连上的。

"你拿走吧。"我很大方地挥挥手。

"真的？"

他这一问，弄得我心里有点嘀咕：要是让妈妈发现了……

管他呢，这才是夏天，离冬天还远着呢，何况他们不一定非得穿皮靴呀，就算发现皮靴丢了，也不一定想到是我干的。

结果当天晚上妈妈就发现了我干的坏事，屋子里满地的土就像一个方向标，把她引到了床底下。

　　她把我拖到屋子角落里准备拷问，这时候同学的家长拿着两个鞋盒子上门了。人家知道皮鞋这东西金贵，是绝对不可能随便送人的。因为鞋拿回来得及时，妈妈大大松了口气，让我逃脱了一次惩罚。

　　这次小风波让我对皮鞋有了一个清醒的定位：皮鞋是富有和体面的代表，属于家里的重要不动产。

　　皮鞋，就得是真皮，不仅外层要百分百真皮，里衬也绝对不能是涤纶啊、棉绒啊什么的，必须是真皮。所以在商场买鞋时，我总是把它抱在胸前拼命嗅，只有被一股浓烈的动物尸体的臭味熏着了，才心满意足地放下："我买了。"

　　不仅是我一个人对真皮有近于偏执的追求。真皮，即动物皮毛，猎人通常会把它挂在壁炉上方，皮鞋虽然不是我们亲自狩猎而来的，至少也能部分地炫耀着我们在激烈的人生中取得了一次小小的胜利。

破烂与麻糖

现在已经很少能听到飘扬于山野或穿梭于胡同的那悠扬的笛声了。偶尔听到的也只是在街头乞讨或是在音乐会上，都是要人掏钱的召唤。可儿时那些笛声至今还时常在耳畔响起，虽然不成调，但在那时被认为是天底下最美妙的声音。因为它不只是音乐，更重要的是一种信号——又可以用破烂换糖吃了。

于是午睡的孩子常常闻声从床上一骨碌爬起来，然后席卷家里自认为是用不着的东西，朝那笛声飞奔而去，赶到那儿时，早已有一大群孩子将那个做破烂换糖生意的老头儿围得水泄不通。货担上不但有水果硬糖，还有诸如小喇叭、小气球、洋画、玻璃球等吸引人的小玩意。

充当一般交换物的东西为牙膏皮、旧鞋子、废铁和破塑料。小时候，我常常一听到笛声就跑去找家里的牙膏，一看，牙膏还没用掉一半呢，不管它，给刷牙缸里的每支牙刷上都挤一大截，拿上牙膏管赶紧往外跑，但往往半路上就被家人抓住了。邻居家的一个孩子甚至有过拿家里厨房的铁锅铲去换糖的壮举，解了嘴馋之后，必然逃不掉家里人一顿暴打。收破烂的人的结局也并不比我们好到哪里，由于他有"怂恿未成年人偷窃"之嫌，引起了全厂人的愤慨，从此被禁止入厂而失了业。

一上学，我的世界猛地变大了，就在路边，我发现了一个大人用破烂换糖的地方——城关镇有一个大院子，进去以后左手是马房，右手是一个麻糖作坊，大人总是背着我们，拿了车间的边角料、小孩穿破的衣服到作坊里换麻糖，如果不要麻糖，还可以折抵成人民币。

趁爸爸妈妈去上班，我和妹妹掀开家里的米缸盖，拿个搪瓷缸使劲往布口袋里盛小米。布口袋是妈妈自己用针织布缝的，平时放在那儿看着就一小团，打开也不过两个巴掌大，可一旦装起东西来，才发现它可以被无限撑大，一缸米进去，根本欲壑难填，被妈妈誉为"贼口袋"。

其实家里好多东西都能换麻糖，可据我观察，只有小米堪称为最简单的交换物，不用挑毛病，不用估价，往秤上一放，马上能换算成麻糖，童叟无欺。

我和妹妹抬着装满小米的贼口袋，偷偷溜出厂门，开始向城关镇出发。晒着太阳，走在田埂上，一边是黄灿灿的麦浪，一边是由青绿转成褐色的蚕豆秧，我和妹妹分别扯着贼口袋的一个布带，憧憬着大院里的麻糖，嘴里溢满了口水。

普通话

　　"一个人的言谈永远是他的家庭背景和社会地位的告示牌。"如果我当时听说过《纽约客》已故撰稿人约翰·布鲁克斯说的这句话，就能理解母亲为什么见了我们会一下子火冒三丈。

　　1979 年，随着全国范围落实知识分子政策，父母想办法从县城调到太原工作。刚搬来头一天，母亲还没想好安置我们姐妹三个的办法，就把我们带到单位，她在楼上办公，我们在楼下玩。等母亲下了班在院里找到我们三个的时候，笑眯眯的表情突然转成了愤怒：我们三个东倒西歪靠在尘土飞扬的墙角，不知道为什么事争执起来，不光声音特别响，用的还是地地道道的雁北话。母亲的同事走过来，摸着我们的头，夸我们很乖很漂亮，也有同事远远地皱起眉头，侧目而视。母亲新来乍到，对别人的不屑特别敏感，又没办法反抗，就把气撒到我们头上：从明天开始，谁都不许说雁北话！

　　从那以后，我的母语系统里就少了一种表达。母亲的愤怒让我意识到了雁北话和太原话的高下之别——这是省城，说太原话以外的方言的，都是乡巴佬。在这个人来人往的大都市里，只有一种话比太原话更高贵——普通话。

我很幸运。语言是用来交流的，为了克服交流障碍，母亲的东北话、父亲的广东粤语来到山西以后都已经大大地妥协了，他们努力从各自不同的方向向普通话靠拢，综合起来就成了标准的普通话。

就像看一百部美剧抵不上交一个美国朋友一样，如果家里人都说老家话，那孩子就难免染上口音。母亲到乡下听课回来，给我们讲那里的老师教拼音：麦子的麦字怎么念？ mai mai，mie 子的 mie。我听得哈哈大笑。这是一种居高临下的笑，来自会说普通话的人特有的优越感。

电影《窈窕淑女》中，一位贵族出身的语言学家立志要将街上卖花的农家女伊莉莎改造成一位举止优雅的上流社会女士。凭借降低了说话声调、学会了女王英语的发音方式，她竟然被当作来自匈牙利的高贵公主，上流社会的大门向她敞开了。

在中国，女王英语就是普通话。不过普通话的地位也曾遭遇过严重的挑战，改革开放初期，有钱人大都来自珠三角，金钱把广东话推到了语言流行榜 TOP 1，拖着长长广东腔的不是穿西装的精明商人，就是穿一步裙的公关小姐，全都时尚又富裕。随着内地有钱人多起来，广东话的神圣地位下降了，普通话重新成为家庭背景好、受教育程度高的象征，走到哪儿都受人尊敬。

　　不过，普通话远远不是万能的。不久前，在市中心，我开着车转了半个多小时，怎么都找不着停车位。这时候有朋友打来电话，我没好气地接起来。他一听情况，马上指示我："你右手的胡同，弯进去，里面有个院儿。"说得容易，人家也得让我进啊。果然，我被卡在院门外。朋友让我把电话递给叉着腰用太原话教训我的门房大爷。从免提里听到朋友换了口音："咋咧，甚地方了么……"朋友地道的太原话像密令一般，芝麻它就开门了。

琼瑶定律

　　小时候玩算命游戏，故作神秘的女伴翻开一张扑克牌，告诉我"嗯，你命里有贵人"，每每被我嗤之以鼻：命是自己挣来的，哪来的什么贵人？随着生命中人和事流水般地更迭，我才慢慢意识到，生活里是真的有贵人这回事的，只不过这贵人不是专程披着红披风伸着双臂来帮我们力挽狂澜的超人，而是我们身边那些会在无意中施展自己的能力，帮助我们打开生命里另一道门的人。

　　1986 年，我上高二那年，班里转来一位家里有些办法的男同学，凭借一套印着"仅供教师参考"的内部资料很快赢得了江湖地位，拿着周润发的剧照给我们普及港台电影知识，又用一个名字给全班女生洗了脑——琼瑶。

　　传到我手上时，本来就自来旧的绿封面已经磨毛了，右上角印着的《烟雨濛濛》四个白字，边缘也模糊了，书页里充满了黑手印，染着西红柿汁，画着钢笔道，显然每个曾短暂拥有它的人，都利用了一切可能的时间来尽快把它读完。

　　不记得那个星期天是如何在完成了作业、躲避母亲监督的情况下，把这本20万字的小说看完的。大宅子、超凡脱俗的女主角、富有而专情的白马王子、分分合合的情节、爱情至上的主题，甚至还有爱而不能的痛楚结局，还有比这个组合更动人的小说吗？放下书起身时，前襟已被泪水洇湿了一大片，母亲喊我吃晚饭，我努力压抑着哽咽，假装正常地"哎"了一声。

"原来爱情应该是这样的。"我和女伴交流读书心得，没想到她根本不同意："琼瑶最好看的小说不是《烟雨濛濛》，而是《聚散两依依》。"我这才惊讶地发现，每个人眼中最好看的琼瑶小说都不一样，而书的主人则很权威地说："琼瑶最好的小说是《人在天涯》，登在1981年《海峡》创刊号上，我姐姐就是从那个时候开始追琼瑶的，她说后来的小说都不如这个。"我从中总结出了琼瑶定律：你先看到的是哪本，就会认为哪本写得最好。

那个年代看琼瑶的女孩子都有过这样一个梦想：留一头长到腰际的黑发，一袭白裙，不带一丝烟火气，娉娉婷婷走在风里，等待命中的王子骑着白马乘风而来，他应该有着清爽的短发，笑起来满脸阳光。两人一定要骑着自行车，穿越一条又一条巷弄，或者躺在阳光浸满的草坪上，看飞鸟从昏黄的天空急急掠过，只望两个人在小小的天地里，可以一直一直地这样厮守下去。

想想也就罢了，隔壁班有位长发飘飘的大眼睛美女却像中了蛊一样，相信自己就是琼瑶笔下的女主角，出身贫寒，气质非凡，有人对她一见钟情，一往情深，正在这时她偏偏不幸得了一场不可救药的病，使他更加怜惜于她……于是，有一天，她真的在走进教室门口的一瞬间，昏倒了。

我们残忍地一遍又一遍重复着这个故事，居高临下地嘲笑着这位入戏太深的同学。可实际上，我们笑的时候，无情地杀死了心里那个不切实际的自己。30年了，每次同学聚会，都有人假装无意间问起："那个女同学，看琼瑶小说的那个，她还好吗？"接下来总是一段沉默。

秋裤

男人和女人谁更爱说谎？神情紧张的中年太太认定男人是骗子，开会、打牌、应酬，谁知道他到底在干什么。公平地说，男人没必要说太多谎，在家庭和职场上，他们是强者，可以尽情表露自己的意见，"你烫的头发怎么这么难看""你的方案根本不可行"，所以他们一旦说谎，说的一定是弥天大谎；女人的谎言，则是事无巨细，包罗万象。

母亲每次问我："穿秋裤没？"我总是面不改色地捏起裤子给她看："穿了呀。"其实，每次我都没有穿。直到她认为该穿毛裤的季节，我才会穿上秋裤。这时候是又一轮发问："穿毛裤了没？"答："穿了呀！"

告诉她实话不就行了，干吗要骗人呢？

秋裤是母亲干涉孩子生活的最正当的借口，是女儿和母亲之间最深的代沟。女儿唯一的防卫武器就是谎言。

母亲遵守的是不知道哪个老祖宗传下来的规矩，"五一"脱秋裤，"十一"穿秋裤。所以每个春末秋初，我都是穿着秋裤度过的。高中时，家距学校半小时自行车车程，中午骑车回家，出的汗沾在秋裤上，秋裤裹在腿上，每一脚蹬下去都特别吃力。母亲不管这些，反正就是看日历，数着一个又一个必须穿秋裤或者可以不穿秋裤的日子。

母亲说，像咱家这样有秋裤、有线裤、有毛裤的日子是幸福的。"你们不看有的人家一年四季就一条裤子，冬天絮上棉花是棉裤，剩下的三季只能穿拆掉棉花的夹裤。""不穿秋裤会得关节炎，你看苏联电影里那些走路一瘸一拐的老太太，都是年轻时穿裙子穿的。"好吧，我想不出反驳她的理由，只好乖乖穿上秋裤。

有一天，我像着了魔一样被《少年文艺》里黄蓓佳写的一篇小说触动了，觉得"秋裤"这个词特土，南方人不说秋裤，人家叫棉毛裤。于是我开始在家里推行这个不那么凡俗的新名词，结果没一个人搭理我，他们感觉不到任何一点棉毛裤比秋裤高明的地方。语言嘛，是为了跟人交流的，所以我灰溜溜用回了"秋裤"这个词。

终于熬到有了自己的家，母亲在我箱底压了一套红秋衣红秋裤，把我嫁了出去。我终于可以自主决定穿不穿秋裤了。

那几年，一进二月份，我就脱了秋裤，穿着单丝袜、连衣裙，骑着自行车到处跑。谁家老太太见了我，说的第一句话全都是："你不冷啊？"连着好几天肚子疼，疼得不敢往下坐，有一天晚上站在沙发边长久地思考之后，我终于想明白了：这是着凉了。第二天，换上灯芯绒长裤，里头套上秋裤，肚子疼不治而愈。这个发现吓了我一跳：原来不穿秋裤真能着凉啊！

这几年，衣服的领口逐级上升，鞋跟的高度逐级下降，只有在不爱穿秋裤这一项上，我仍然坚持着一颗年轻人那种没来由地非要叛逆的心。何况如今有了抓绒牛仔裤，没有秋裤的冬天也不太冷。

和同学走在路上，对面来了位光腿穿裙子的年轻姑娘。同学盯着她看了半天，竟然说："光知道臭美，看她老了腿疼的。"我白了她一眼："世上最可悲的事情不是英雄末路美人迟暮，而是美人世故。以前是你不穿秋裤被老人家说'为了俏冻得跳'，现在你自己成老人家了。"

语毕，不由心头一悲：不穿秋裤的日子，我估计也过不了几年了。

全国粮票

　　老电影《乌鸦与麻雀》里，嫌贫爱富的上海阔太太开口闭口称自己家有盘尼西林，用一种睥睨天下的语气。在当时，这是比钞票还管用的硬通货。我小时候，青霉素早就不稀罕了，比钞票还管用的东西是粮票，特别是全国粮票，绝对是走遍中国都不怕的硬通货。

　　当时在解放路七一礼堂北侧，有一家省府饭店。爸爸隔三岔五会在那儿停下车，支在路边，到窗口买三角饼给全家改善生活。有一回，我见到一个外地人（因为他背着一个鼓鼓囊囊的人造革黑包，还穿着皮鞋，不出门谁舍得穿皮鞋呀！）正和营业员吵架。听了半天，原来这是个从河南来的人，他用全国粮票在这儿吃饭，结账时营业员以没有全国粮票为由，把地方粮票找给他。一个烧饼二两粮票七分钱，一碗大米饭四两粮票八分钱，一碗素汤面四两粮票一毛四分钱，一个面包四两粮票七分钱……饭店的小黑板上写着菜谱，这个倒霉的河南人用十斤全国粮票吃了一碗汤面，找出来一堆太原粮票，他不干了，于是双方争执起来。围观的人很多，一边倒站在外地人这边：人家从外地来，拿着太原粮票回家，等于几张废纸，损失就大了……营业员辩解说：我找他的是细粮票。此言一出，顿时全场肃静，只剩下那个外地人还在小声嘀咕：全国粮票里头有油……围观的人明白过来了，继续批评营业员。

那时候饮食店都是国营的，没有粮票是买不到东西吃的，而且没有通融的余地，多付钱也不行。那时候到饭店吃饭要粮票，到粮店买粮要粮票，就连商店的点心、饼干也通通要收粮票。一位温州老板回忆自己的创业史，说有一次他到外地洽谈业务，忘记了带粮票，人已经到苏州了，还是退掉了船票，回家去拿粮票。

当时很多出差的人乐意跑京广线，就是因为长沙站里有全中国唯一一处不用粮票就能买饼干的售货亭，几乎每个过路客都会利用 30 分钟的停车时间，排队买几包饼干带回家，甚至还有乘客因为买饼干耽误了坐车。

凭户口本领到的是本地粮票，要想把它换成能在全国通用的全国粮票，有两个渠道：一是出差之前，拿着单位开的介绍信到粮食部门换，人家会根据你出差的天数，算出来你能换多少斤；二是想办法找人，如果谁家有人在部队工作，还担任一定的职务，这家人在整个院子里都会得到特别的尊重，因为当时部队上配发的都是全国粮票。二姨和二姨夫在新疆空军基地上班，每次回家探亲，都会把省吃俭用攒起来的几十斤全国粮票带给姥姥，姥姥拿到以后，像后来的世界银行一样，把手里掌握的资源对穷国进行再分配：儿子多少，大闺女多少，小闺女多少。

20世纪80年代，似乎是一夜之间，院子里突然出现了吆喝换大米的小贩，开头二斤粮票换一斤大米，后来成了二三十斤粮票才能换一斤。20世纪90年代初，外省取消粮票的传闻多了起来，换鸡蛋，换塑料盆、钢精锅的也来了。人们拿上粮票兴高采烈地换了东西回家，竟然像占了多大便宜似的。邻居爷爷很鄙视地看着我们，觉得我们的眼光都不够长远，他坚信"就算这世界消亡了，粮票也不会消亡"。

1993年，作为计划经济的象征，伴随中国人度过了38年漫长岁月的粮票制度取消了。

三洋半头砖

　　当一个人可以从百货商场、超市、五交化商店、电器城和网店随随便便、挑挑拣拣买一台录音机的时候，他是无法想象录音机对于人生的重要意义的。

　　20世纪80年代初，我上初中，家里添置了电灯、收音机之后的第三件电器——三洋录音机。

　　打开深灰色的厚纸盒，拆掉黑色泡沫塑料，把四个鼓鼓的气囊袋子扔掉，就露出了乌黑的单卡盒式录音机，前排六个按键，第二排是放磁带的卡座，后头是一个喇叭。因为模样像一块大砖头，它被称为"半头砖"。我盯着斜体的、底下画着两条白线的SANYO，不知道这五个字母的组合应该怎么念。

　　录音机是父亲从省电教馆"抢"来的，而且是趁工作之便——"只来了两台，今天正好去办事，让我赶上了。"那时候是绝对的卖方市场，买东西都要凭票，来什么货抢什么货，想买任何东西都需要在商店有关系，买电器，在五交化商店没有熟人，根本想也别想。市场稍稍松动之后，五交化这个主渠道慢慢被撼动。父亲去开会的电教馆本来是配备教学仪器的，因为有自己单独的进货渠道，在管道放松之后也尝试着卖一些抢手的民用电器。

后来太原出现了一家规模很大的私营电教公司，叫华北电教，占据了解放路和钟楼街交叉口的黄金地段，电视机、摄像机、录像机（不能录像，只能播放和转录录像带）、录音机，什么时兴卖什么，据说当时生意已经做到了从广州口岸日日空运的程度。当时的华北电教和如今的苹果公司差不多，它们经营的不仅是商品，还出售了一种崭新的生活方式。

我跪在方凳上，看着父亲一边读繁体字的说明书，一边开始在写字台上演示录音机的神奇功能。他让我一遍一遍地说同样的话，再倒回去听回放，全家笑作一团。听到自己拿腔拿调的声音，我大为失望，这声音完全来自于陌生人，远远不是我自己认为的那么清脆悦耳。新机器让我第一次体会到了疏离感，这种怪异的感觉好几个月之后才渐渐消失。

"录音机是用来听英语的。"不知道是谁把这个观念灌输给了爸爸妈妈，所以家里才会花 120 元钱买下这个奢侈的消费品。随机赠送的 30 盘《英语通》磁带和 6 册课本，让妈妈觉得这笔买卖非常划算。她打听过了，商店里一盘空白磁带 2 元多钱，30 盘得多少钱？何况上面还录着英语呢！

街上很快看到时髦的年轻人手里提着"半头砖"招摇过市，抛下一串邓丽君的靡靡之音。妈妈总是很宽慰地说：至少我们家的"半头砖"帮孩子们学习了。

其实，不到一年时间，家里的 30 盘磁带统统走向同一个归宿：纯正的牛津腔英语被洗掉，录上了邓丽君、凤飞飞、罗文和成方圆唱的流行歌曲。虽然单卡座的录音机本身是无法翻录磁带的，不过从邻居那里我学到了绝招——在家里用棉被包着两个录音机，喇叭对着喇叭录。录完了虽然没有立体声的效果，但基本没杂音，关键是比十几元钱的原版磁带便宜多了。

为了保护这个珍贵的"半头砖"，我学会了如何用棉花球清理卡座和里面的磁头。心爱之物，可以让孩子懂得什么叫珍惜。

没过多久，五交化商店里来了一批立体声四喇叭双卡一体机，单声道的"半头砖"和我覆水难收的青春一起消逝得无影无踪。

珊瑚岛上的死光

　　每当网上不定期地出现诸如"美国人眼中的中国人""法国人眼中的中国人"类的帖子，我总是忍不住点开，对照一下自己，里面提到的多是爱喧哗、不排队这类人性的弱点，"煤气灶上粘锡箔纸来防污"或者"爱听广播"就属于中性的评价了。

　　可是，爱听广播？您说的是30年前中国人吧，谁家现在还有收音机呀！能把中国人这个特点总结出来的美国人（或者说法国人，更有可能就是咱们中国人自己）非得有早上到公园晨练的习惯，那里的老人家才会抱着一个小收音机，边溜达边听。老人家普遍耳背，所以音量都开得很大，新闻联播、养生保健、长篇评书、股指分析，各种声音交汇在一起，公园最能体现电台各频道竞争激烈的程度了。

　　想来最后一次痴迷广播是30年前的夏天了，每到中午听《珊瑚岛上的死光》。

　　《珊瑚岛上的死光》是一部广播剧，背景是一位华裔科学家在W国试制出一种高效原子电池，要把这项成果带回祖国，随之而来的是暗杀、飞机失事、孤岛、实验室、哑巴仆人、毁灭人类的武器等，既神秘又惊险。一系列 007 电影拍下来，用的也无非就是这些元素。想想看，30 年前啊，这样一部广播剧，用朋友母亲地道的太原话说："真赞了！"

那时候，我们听说国家要实现"四个现代化"了，"吹响了向科学进军的号角""科学的春天来了"，数学家、工厂里的技术革新能手成了媒体的明星，好孩子们的标准是"学好数理化，走遍天下都不怕"。中央人民广播电台的《小说联播》节目里推出了儒勒·凡尔纳的《海底两万里》《八十天环游地球》和《神秘岛》，可《珊瑚岛上的死光》有着不一样的意义，它是我们中国人自己写的、以中国人为主角的科幻故事。

小学时我从邻居小朋友家借过一本翻得特别破的书，是一本有关超声波的科幻小说，好像是 20 世纪 60 年代出版的，据说那时受苏联影响，国内出现了不少科幻题材的文学作品，不过很快就消失了。科幻小说再次出现就是《珊瑚岛上的死光》，小说先出版，很快就被上海电影译制厂改编成了广播剧。

为这部广播剧配音的人，现在都是大师级的传奇人物了：乔榛、邱岳峰、刘广宁、童自荣。就在听这部广播剧时，我第一次体会到声音也可以那么美，他们的声音除了洋气，还带有一种梦幻般的异域色彩，仿佛马太博士和维纳司公司的谈判代表天生就是这么说话的。

那是文学的黄金时代，也是广播剧的黄金时代，强强联手的结果，就是当时的获奖小说，像路遥的《人生》，还有陈建功的《飘逝的花头巾》，都被改编成了广播剧。当时还有一种很特殊的广播形式——电影录音剪辑，《简·爱》《叶塞尼娅》《冷酷的心》《追捕》几乎每周必播，里面的台词我几乎都能背下来了。私下里还曾下决心：长大了要当一名配音演员！

卡尔维诺说，一座好的城市，不是因为它有七八个或七八十个景点，而是因为它迫你去找答案。广播剧便有这样的魔力。

上海手表

男人很少进行自恋式的、每句话都以"我"为开头的追忆，姐夫娶了我姐 20 多年，我对他唯一的了解就是不爱吃玉米，"把它做成爷爷我也不吃"，小时候吃伤了。

所以当国庆节开车出去玩，听到姐夫深情地说起他曾有一块上海牌手表的时候，我知道，岁月能改变一切。

恢复高考的第四年，姐夫成了村里第一个大学生。有一次刚下课，他发现本该在家务农的他姐已经在教室门口等他了。得知家里并没有发生什么事故时，他很吃惊，在他的概念里仅仅因为思念而进行探亲是极其疯狂的行为。要赶当天的长途车回家，他姐只来得及把一个盒子交给他，那里面装着他平生拥有的第一块手表——全钢的上海牌手表。

没过半个月，正上课的姐夫破天荒迎来了来自家乡的第二个访客——他的姐夫。姐夫的姐夫这次是要把手表拿回去——"你姐姐从邻居手里买的，公安局破案了，表是邻居偷的。"

"买表还得要票，就算有票你没有关系也还是买不到，邻居说他能弄到不用票的表。一块表 50 多块钱，我姐在家养一头猪养一年也不过 100 多元钱，我姐对我可真好。"

那时候有谁会不记得自己的手表呢？"三大件"——手表、自行车、缝纫机——从 20 世纪 50 年代开始就成为每个中国人的财富梦想，特别是上海手表，上海手表厂生产的"上海"，上海手表二厂生产的"宝石花"，还有上海第四手表厂生产的"钻石"，不仅是富贵的代名词，更是上海人洋气生活的缩影。

我的小学音乐老师是上海知青，戴着一块梅花表。虽然我距离戴手表的年纪还无限遥远，可一听说这是世界上最好的表，也忍不住趁交作业的时候往她袖口里偷窥一下。据说正是由于中国人对瑞士手表不分青红皂白的崇拜，挽救了两个当时濒临破产的瑞士大众品牌——梅花和英格。

一上学，我就戴上了手表，而且一天一个样——圆珠笔画上去的，先在中间画一个圆表壳，中间加上等距离的 12 条放射形短线，再画两条带子，如果有兴致，还可以画上锁扣。

上高中时，母亲的同事去广东出差，从中英街上带回来一大包电子表，2 元钱一块，我拥有了真正的手表。考上大学后，母亲又为我买了新表，那是一块太原本地生产、日本机芯的"华杰"石英表，手表不再是一生一次的奢侈品了。为了搭配衣服，后来我陆续买了大的、小的、蓝色的、红色的、银色的、金色的、画着丛林老虎的、镶珐琅的手表，然后，有了手机。

老电影里，不管是特工、特务，还是约会的情人，表现他们焦虑的经典动作就是不停地抬起手腕。现在，我们会拿出手机，它不仅能显示时间，还有网络小游戏和朋友发来的黄段子帮我们度过难挨的光阴。

收拾抽屉，偶然发现黑暗中的纸盒里有一块好几年没戴的石英表还在滴滴答答地走着，我吓了一跳，接着感到有点歉疚，就像面对一位总是默默守候着你的男士，即使不能爱他，也还是被他的点点滴滴感动了。

十万个为什么

中午洗碗，和父亲因为海绵的问题争执起来。爸爸坚持海绵能把东西洗干净是一个化学反应："你看，它必须是加了水才可以用吧？说明水和海绵里的有机成分发生了作用。要不你看用它擦过的操作台，表面受了伤，特别容易脏。"

我说："如果按您说的，那它怎么又能处理碱（水垢）又能处理酸（油脂）呢？而且它越用越少，说明它和脏东西同归于尽了，所以是物理过程，和牙膏能擦干净东西一样。"

没有分析室，没有仪器，化学专业毕业的爸爸也拿不出充分的证据说服我。从北京回来过节的姐姐大方地表扬了我一句："作为一个文科生，还知道物理过程，不容易。"

纵然是文科生，我也是看着《十万个为什么》长大的文科生。

深棕色、深紫色、深绿色、深蓝色、深灰色、咖啡色、海蓝色、绛紫色八种颜色的封皮，方格里印着不同的卡通图案，一套八本的《十万个为什么》曾被我翻得卷了角，折断了页，还爱不释手，可它还是像其他陪伴了我多年的东西一样悄悄地消失了，再也找不到了。姐姐的话在我的记忆中引起了一次偶然的碰撞，让我想起了那些有它们陪伴的时光，那些开在记忆深处光明的梦想的花朵。

刚上小学时，夏天的傍晚，我和邻居家的孩子一起在院子里围着正在开挖的工地看。纵横交错的深沟里，工人将一锹锹的土扬出来。看了一会儿，我被一个问题纠结得心神不宁，跑去工厂找到父亲，问他为什么挖得这么深了，还看不到那个蓝色的球？我说的是地球，就是《十万个为什么》里描写的那个蓝色星球，我觉得它应该就埋藏在脚下的泥土里。

书里有一页日食和月食的时间表，一直记录到二零零几年，那是21世纪了，多么遥远。每次翻到这里，我都会感觉到自己的心轻轻抽动几下。它被描绘成一个高度文明的时代，满天都是飞行探测器。

我数过，这些书里的"为什么"没有十万个，只有1483个。之所以叫"十万个"，是借了苏联科普作家伊林所写的《十万个为什么》，而这个名字又是从英国作家吉卜林的一首小诗中借来的——"五千个在哪里，七千个怎么办，十万个为什么"，读来有"此恨绵绵无绝期"的落寞。

炉子里火旺的时候，为什么呼呼直响？一个孩子，得明白多少个"为什么"才算长大？如今有了谷歌，有了百度，有了微博，可以即时问答，可人生中的许多疑惑仍然永远找不到标准答案。明白这一点的时候，我远离了童年。

手抄本

礼物的价值在于其稀缺性，所以姑娘喜欢用"摘天上的星星"来为难追求者，难度愈大，愈现其真心。

20 世纪 80 年代初的校园文化非常混乱，很多初中生都以打架斗殴、擅长"联系"女孩子为荣。而当时最能打动女孩子的礼物就是书，不是正式出版的书，就算是充满了男女情色描写的《红与黑》也不讨人喜欢，最好的礼物必须是来路不明的、一个字一个字手抄出来的书，它的名字十分直白——手抄本，却散发着浓烈的暧昧气息。

作为老师指定的学习委员，我对差等生中间流传的东西很是瞧不起，但又承担着老师赋予的监督责任，必须了解 24 色彩色铅笔的来历，还有写着狗爬字的小纸条的去向。所以我很容易就注意到他们在传看一本神秘的书，并在日志里作了"某某和某某上课不认真听讲"的记录。

这本书抄在 32 开的草纸上，已经被翻得卷了角，封面破破烂烂，之后不久又被糊上一层牛皮纸，书名被重新用钢笔勾出空心字，这就是中国 20 世纪七八十年代最流行的手抄本——《曼娜回忆录》。即使放在现在，曼娜也是一个让人浮想联翩的、罗曼蒂克的名字，所以书名本身就有极强的暗示色彩。

每天下课后，这本书都以不同的书皮出现在不同女生的书包里，唯独没有我。没有一个男生用一本色情书向我示好，这一方面让我为自己洁白无瑕的品质扬扬得意，同时也隐约察觉出自己被挤在一个圈子外面，成了不受欢迎的人。我当时拥有的唯一一本手抄本是妈妈给的，她上大学时跟同学借了《唐诗三百首》，限一个星期还。她硬是用这一个星期，把全书一字不落地抄在了一个绿色硬皮本上，传到我手里时，书页已经发黄变脆，颇有古董品相。可这样的手抄书，和真正意义上的隐秘的手抄本完全是两回事。

终于有一天，一个爱在女生铅笔盒里偷偷放一条小草蛇来吓唬人的男生，对我的可悲处境表示出同情：下课时，他把书塞进了我的书包里，而我假装没有看见。

第二天早上，在校门口我等到他，趁人不注意，把书塞到他手里，还欲盖弥彰地告诉他："我只看了半页，没意思。"没骗他，真的只看了半页。回家以后，把课本盖在手抄本上，我颤抖着手翻开了第一页——《我的初恋》。结果，过于强烈的犯罪感严重损害了我的阅读能力，我几乎一个字都没看，就变得脸红脖子粗，仿佛全世界都发现了我的罪行。

这个曾令老师和家长闻之色变的"黄书"在 20 世

纪90年代被整理为"洁本"正式出版，网上也流传着许多不同的版本，吸引着那些"不学好的孩子"，不过其影响力与当年不可同日而语，据一位出版人说："里面的描写没有超过《赤脚医生手册》的内容。"

公认的假正经让我整个初中都没能进入班级的核心圈。直到上高中，我才从一个男生手里接过了第二本手抄本，没有封皮、没有封底，里面有数不清的主人公，一会儿飞沙走石，一会儿义结金兰，莫名其妙父子反目，莫名其妙跑出来一段爱情往事……上大学以后，我利用文科生的特权，在文科阅览室借到了很多闲书和不太严格的禁书，方才认出，这本让我看得昏天暗地的手抄本是大名鼎鼎的《射雕英雄传》。

手绢

　　我有两项重大的人生缺失：一是小时候没上过幼儿园，二是大学时因为骨折没参加毕业实习。虽然好几个同学都抱怨实习的小县城多守旧，给他们派的抄文件、取报纸的活儿多无聊，可我坚持认为毕业实习就是早起迎着朝阳去办公室，然后把那些看上去很重要的纸从一个办公室拿到另一个办公室，晚上大家一起手拉手围着篝火跳舞，然后男女同学暗生情愫。

　　我们姐妹三个上学之前都是在一位奶奶家度过的，没有其他小朋友一起玩一起打架，所以缺了步入社会的第一课。想象中上幼儿园的姑娘，一定穿着在背后系带的花布罩衣（太原人叫它排排），左胸口用别针别一条干净的花手绢，摆弄成漂亮的三角形，隔着幼儿园的铁门，和妈妈挥挥手说"再见"，然后跑进叽叽喳喳的小朋友们当中。

　　我大概从上学才开始用手绢，那个年纪已经不能穿排排，更不能把手绢别在胸前了。把手绢叠成方块，放在口袋，我安慰自己：万一别针扎到身上会很痛的。

　　上高中时，学校要求大家穿统一的校服，只有从口袋里拿出那块漂亮的手绢时，才能体现出每个女生独有的审美趣味。受母亲影响，我偏爱印小碎花的、镶着细细狗牙花边的花手绢。临近高中毕业，我的性别平等意识突然觉醒，开始喜欢黑、蓝、灰、卡其这样的中性色，手绢上的图案也变成了条纹和格子。所以我才肯在男同桌流鼻血时，把没有性别符号的手绢借给他。

20 世纪 90 年代初，一包包有着塑料包装的纸巾随着超市的出现，一起呈现在我们的视野中。如果你洗过带鼻涕的手绢，就知道纸巾这东西有多好了，用完潇洒地一抛，就好像我们从未不体面，从来不流鼻涕，手从来不脏，皮鞋上从来没有灰尘。

一次性的、扔掉即可忘忧的纸巾迅速取代了手绢，除了在妈妈包里。

妈妈的包里永远装着两件宝：一小卷手纸和一条花手绢。不小心把酱汁滴在衣服上，或者哪个人感冒流鼻涕，母亲总是有备无患。甚至前年在莫斯科旅游遇到罕见的夏季高温时，母亲的手绢也派上了用场——站在辽阔的莫斯科河边，她那条浅蓝底儿印红色小雏菊的手绢，让我们每个人用清凉的河水洗了一把脸。在莫斯科河上坐游船，妹妹担心她漂亮的长卷发被风吹乱，母亲适时拿出一条日式大手绢，四个角打了结，当了妹妹的头巾。母亲的手绢还是标牌，机场的传送带吐出来那么多一模一样的黑色拉杆箱，唯有我的行李箱上扎着妈妈玫红色的格子手绢。那之后，母亲从包里拿出手纸和手绢时，我们再也不忍心嘲笑她的老作派了。

纸巾仿佛一个信号弹，在它之后，雪崩一样的新奇事物都来了，一下子我们就拥抱了无可计数的、无穷无尽的我们认为有重要意义的东西。而洗得近乎透明的旧手绢，还在忠实地记录着，记录我们的每一次泪痕，记录我们的每一段旅程，记录生活里的每一个小变化。正是一个印迹叠加另一个印迹的手绢，使我成为我，而不是另外一个人。有手绢的生活，意味着我们从昨天来，还要到明天去，生活的延续性因为手绢而得以实现。

水管子

摔跤之前，我从来没想到水管子竟然这么厉害。

小时候住平房，家里没有厨房，没有洗手间，没有如今墙体里满布的管线，没有任何上下水，全院子的水源只有一个——院子最南面的那个水管子。空旷的长满杂草的地上，孤零零地立着一根铁管，铁管最上端是水龙头，要走路被绊倒才能发现杂草里曲曲弯弯从远处铺来的水管。

"子"放在词尾，多数情况下是没有意义的，比如儿子、妻子、房子、车子，加上"子"字不过是强化这个词所代表的亲密感情，去掉了意思是一点不受影响的。水管子不一样，它不只是水管那么简单，一条锈迹斑斑的铁制运输线引发不了我们如此的深情，必须连带着那个终端设备——水龙头，以及一拧开便喷涌而出的自来水，这一整套设备才能叫水管子。

我小时候的大部分夏天都是在水管子周边度过的。热了，把穿着塑料凉鞋的脚伸到龙头底下，水哗哗地冲，一股凉意从脚上传到头顶，那才叫透心凉。

水龙头底下没有下水口，流出来的水顺着地势往院门方向走，不过一般走到半路就被地吸干了。大雨之后，这里会形成一条浅浅的溪流，在水边能捡到身上有圆形花纹的螺。没有一个小朋友知道它是什么，连它是动物、植物，还是石头都分不清，只知道抓住它，可以从头上抽出一截东西来，玩够了就扔回水里。这个镜头有点恐怖了，要是放在欧洲电影里，我们大概都会变成具有反社会人格的恶魔。

我第一次尝到冷饮的味道，也是在这个水管子底下。把嘴对准水龙头，小心翼翼地拧开，满口冰凉的自来水混合着铁器淡淡的腥味，味道有点怪，但一点儿也不讨厌。

对我来说，水龙头有点高，必须双手抓着立着的水管，踮起脚后跟，斜着身子，探着头，才能喝上水。随着动作越来越熟练，我开始练习单手抓水管。有一次大概是为了向小伙伴炫耀技艺，我表演了双手背在后面隔空喝水的技法。

结果呢，水没喝上，我一头栽到了水管子底下。我忘了说，那个水管子还有一个附属设备——铁板。为了防止流出来的水都集中渗在龙头底下，工厂里有人在下面铺了一块方方正正的铁板，这样流出来的水就会溅到四周，分流了。我一头栽下去，膝盖碰在铁板上。我又忘了说，铁板有四个角，锐利的直角，留有电焊切割的痕迹，我的膝盖刚好磕在某一个角上。

那之后的一年多时间里，我在医院做了两次手术，其余时间躺在家里养伤。窗子外面，孩子们大呼小叫，水龙头在远处哗哗地响着。黄昏的光线中，一只花猫从我身上跳过去，那是妈妈抱回来陪我的，她说我可能有点闷。

四环素牙

一位女朋友去德国旅游，突然牙疼。仗着德文不错，自己找到一间牙科诊所，推门进去。倒也不用多说，一看她捂着腮痛苦不堪的样子，白胡子牙医马上明白了：张嘴！

"我一张嘴就把德国牙医震住了，他行医三十多年也没见过这么烂的牙啊，大的大小的小，长长短短不齐不说，还又黑又黄。他肯定在那儿想呢，得是在多穷的贫民窟长大，才能拥有这么一口烂牙！"

平时没注意，听她这么一说，我才发现涂着法国粉底、拎着意大利皮包、穿着最时髦的米灰色吊裆裤的她竟然有一口四环素牙。

在我小的时候，小孩子一生病，最简单的治疗手段就是来一针四环素。它是一种广谱抗生素，便宜，而且不用皮试，用起来非常简单。谁也没注意，它在治病的时候，偷偷把孩子的牙染成了淡淡的灰黄色、深黄色，最后是褐色，连牙釉也不亮了，这时候，大人们才惊觉：孩子怎么变得这么难看！

1963年，美国食品与药品管理局对四环素在八岁以前儿童牙齿形成期中可能产生的影响发出警告，这个问题在国内到 20 世纪 70 年代中期才引起注意。所以长一口四环素牙的人差不多都和我同龄，生得早的，四环素尚未普及，根本没机会用；生得晚的，他们的父母已经从科普广播里了解到四环素的副作用，当然不会给孩子用。所以只有我们这一代人才有机会长一口得天独厚的四环素牙。

打四环素针是当时最主要的一项医疗福利，父母至少得有一方在公家单位上班，孩子才能得到这项免费治疗。如果家里有人在医院上班，那可不得了了，孩子不光能打上免费的四环素，还能吃上免费零食——酸酸甜甜的钙片。一位朋友的母亲在医院当护士，经常从医院给他带钙片回来，装在白色的小纸袋里，上面用钢笔写着医嘱：一天三次，一次一粒。"医嘱就是不让我痛痛快快吃，不理他，我经常一天吃完一袋。"所以他现在要是咧嘴一笑，会像兔子一样露出两颗长长的门牙——吃钙片把他的门牙吃大了。托钙片的福，他还多长了三颗后牙，其中两颗还横躺着，至少去了三次医院才清理干净。

于是我们中有很多人，无论男女，都有一手面对镜头绝对笑不露齿的绝活儿。可现在流行自然派，讲究抓拍，"那也不怕，"我那位女朋友说，"我专门学了 PS，一颗一颗把它点白。"

塑料凉鞋

那一年，我那么想要一双绿凉鞋，就是那种翠绿色的，像水果硬糖的那种透明的、纯粹的、高浓度的绿。站在木头柜台外面，我开始拽妈妈的衣服角。"红配绿，赛狗屁。"妈妈看看我穿的水红色连衣裙，坚决不同意，一句不那么雅的俗语脱口而出。

我开始赖在水泥地上不走，引来好多人围观。打扮体面的妈妈觉得特别丢人，开始低声说服我："这个颜色不好看，咱们现在就买那双深蓝的。"不行，我非要绿的不可。

"走吧！"妈妈从不和人说好话，终于发怒了，拉起我就要走。我突然失声大哭起来，蹲在地上，眼泪哗哗往下流。

要挟，这当然是明目张胆的要挟。可所有的要挟、耍赖都是一块试金石，试试对方是不是足够爱你。如果他足够爱你，这招就屡试不爽。一位朋友上初中时想要一辆凤头自行车，那可是 20 世纪 60 年代，而且凤头车是英国进口的，他简直是异想天开。他不穿大衣走进了冰天雪地，不出五分钟，他妈妈就追了出去，妥协了。

于是，我得到了一双翠绿色的塑料凉鞋。八岁的夏天，我穿着它在雨天踢水，在收获过的麦田里踩脚印。

绿色的塑料凉鞋只穿了那一季，收起来时才发现鞋身上沾满沥青，跟保存在鞋底凹陷处那块充满春天气息的绿色相比，鞋面的绿色已经褪得不像话了，像马上要烂掉的菜叶子。

后来就有了人造革凉鞋，比塑料结实，还显得高档，而且再热的天气也不烫脚。再下来就有了真皮的，羊皮、牛皮、鹿皮……我甚至设想着，有一天我要像《欲望都市》里的凯莉一样，到西班牙定制一双最合脚的、镶钻石的 Manolo Blahnik 高跟凉鞋。

母亲节，我送给妈妈一双平底豹纹凉鞋。"塑料的？"妈妈看了挂在鞋绊上的价签，大惊失色。无论我怎么解释它不是普通塑料，而是内含封闭式气泡的 Crostile 塑料，是树脂，和分子式打了一辈子交道的母亲就是拒绝相信一双塑料凉鞋敢卖这么贵。

我给妈妈买的是泛滥到满大街的洞洞鞋 Crocs，是正版的，而且是经过改良、大大优雅化了的 Crocs。前几天开车走在路上，看到妈妈正往老年大学去，穿的正是这双她非要我退货的塑料凉鞋。没有像当年被媒体狠狠嘲笑的小布什一样在 Crocs 里穿了双黑袜子，妈妈很正点地，涂着深红色的指甲油，光着脚，穿着这双塑料凉鞋，撑着一把蕾丝伞，走在夏日午后的雨丝里。

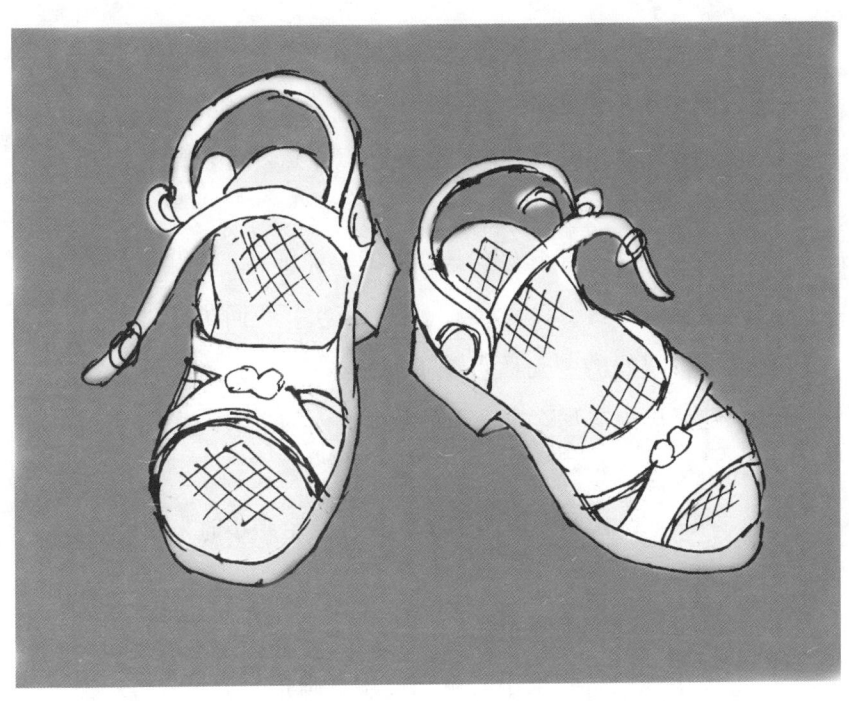

酸奶

　　酸奶的反义词是爱情。爱情是能在第一时间抓住"受害者"的一种感情，酸奶却缺乏让人一见倾心的魅力，你必须经过反复尝试，才能一点一点发现它身上的好处，并最终因日久而生情。

　　高一那年，有个女生突然和我亲密起来，暑假一到，她就提出要到我家玩。她来了三次、我回访过两次之后，妈妈的一句话点醒了梦中人："你那个好朋友，她家……"我这才发现了一个惊人的事实：这就是好朋友啦。

　　有一次，她又换了两趟车，花费一个半小时来到我家。

　　她说："我请你喝酸奶。"

　　关于酸奶，我很小时就在《儿童画报》上见过，透明的玻璃瓶，丰润的白色液体，看上去很是诱人，但我从来没有想象过它的味道，因为生活中找不到任何参考坐标。

　　她带着我去了四鲜菜市场。这个地方我很熟悉，一幢新盖的大楼，柜台里摆着各种蔬菜和调料，水泥地面收拾得很干净，比起那种把菜堆在地上卖的露天或半露天市场来，四鲜菜市场显得很高级。

　　没进菜市场的大门，而是往右边一偏，她站住了。我这才看到那个朝外打开的小窗口。

　　"两瓶酸奶。"好朋友十分从容、十分平淡地对窗口说。

　　穿白大褂的服务员转过身来，看了我俩一眼，迟疑了一下，从身后的冰柜里拿出两瓶酸奶放在窗台上。

　　那味道很怪，跟好喝是一点儿不沾边的。怎么会有人爱喝它？我皱起眉头，盯着几乎一整瓶酸奶发愁。好朋友早早喝完，关注地看着我。我闭了一口气，猛地一吸，瓶子里的酸奶水平线快速下降，直落瓶底。

　　瓶子放回窗台上，好朋友从口袋里掏出一块钱，递给服务员。

　　那个晚上，我一直在琢磨：什么样的父母才会给孩子这么多的零用钱？我们姐妹三个小时候都没有零用钱：学校交学费，两块五，花多少要多少，找回来的零头要自觉上缴；到街角的食品店帮家里代购酱油，带两毛钱打满满一瓶，一分钱都不剩的；最奢侈的就是学校组织包场看电影，妈妈会给五分钱让我们买冰棍儿。不仅是我们三姐妹，我从来没见过其他任何一个同龄孩子手里有自主控制的大笔零花钱的。

　　文理科分班后，好朋友下课以后有时候会到楼下的教室找我。随着交往日深，我发现她不仅有买酸奶的零用钱，而且她的口袋里经常有巧克力——不是逢年过节，就是平常上学的日子，她的口袋里竟然有巧克力，显然她可以在任何时间想吃就吃。

用了好几个月，我才想明白她为什么这么有钱。她的父母都是一家大型化工厂的军代表，相当于厂级干部，再加上军队本身就比地方工资高，这就构成了高收入；因为家住得远，她的午饭必须在学校解决，所以她必须随身装着钱；因为经常处于在路上的状态，她才有机会发现菜市场门口的酸奶；而巧克力，则代表着父母不能陪伴左右的爱的补偿。

那个暑假，她第三次请我喝酸奶时，我强烈地意识到了友谊的珍贵，它都珍贵到了可以为你花钱的程度。就是那一次，我觉得酸奶的味道不那么酸也没那么臭了，它突然之间变得清新流畅、香甜无比。我终于和酸奶结缘了。

搪瓷

去过两处很特别的吃东西的地方。一处在青岛，海边，是个咖啡馆，墙刷得粉红翠绿的，后来知道这叫地中海风格。店里的桌子上、书架上到处堆着东西，相册、七巧板、旧杂志，还有不认得的精致小玩意儿，像电影里中产阶级精心搞乱的地下室。另一处在上海，楼下是菜市场，楼上是日式餐馆，条几上摆着一队黄色的橡胶小鸭子，墙角摆着磕了皮的樟木箱，墙上贴着山口百惠的海报，黑漆漆的桌子底下放着带提手的竹篮，里面两只小猫睡得正香。客人都是慕名而去的，坐在杂物间里，看着门口立的那块写着"本店价格不菲，食客合理消费"的黑板，直呼"有腔调"。

之所以一想到"A"就想到"B"，是因为这两个地方都乱，还因为这两个地方让客人用同一种茶具喝水——白色的搪瓷缸子。白色的缸体，上面画着鸳鸯，或者画着荷花，或者写两个大红色的黑体字"奖品"。

不知道店主是从旧货市场还是古董行买回来的，估计还不便宜呢。每次遇到这种事，我都会后悔：早知道留下该多好。

小时候端什么都不稳，妈妈说是"拿屁的手"，所以陶瓷碗舍不得让用，不锈钢的买不起，只好用搪瓷的。一只米黄色的搪瓷碗陪了我们姐妹三个，不知道摔了多少次，口沿和碗底的釉摔得七零八落，露出了黑洞洞的底子。坑太深会漏水，爸爸就拿到厂里用焊锡点一下。所以这只碗后来成了三色的：米黄的原色、釉掉了露出来的黑色铸铁、焊锡的银白。在我还不懂得什么是体面的时候，就已经懂得这只碗看着真穷，真让人难过。

考上大学后，妈妈陪我去百货大楼买了一个搪瓷盆和一个白色带盖的饭盒，一个盛米饭，一个盛菜。一到学校，就有师姐带着去认食堂的门，还教了几条秘诀：米饭先要二两再要二两，比一次要四两多；菜要半份半份地打，比整份打合算；换个大点儿的搪瓷盆，要是看见一勺倒进去连盆底都盖不住，打饭的师傅一定会羞愧难当再给你加一点。

我如法炮制，很快把自己吃成了一个胖子。毕业时，劳苦功高的搪瓷盆被我惠而不费赠给学妹。去年在姐姐家看到她用一个搪瓷盆洗菜，注意到它竟然是姐姐上大学时用过的那个，我着实吓了一跳：这东西还真有人留着啊，妈说得对，我是个败家子！

我那些搪瓷盆要是留到现在，往餐桌上一摆，那是地地道道的旧物范儿啊！

感谢万能的网上商城，感谢流行的轮回，家里刚刚添置了一个写着法文"香皂"的搪瓷皂碟，一个可以用于电磁灶的搪瓷锅。为了描摹那种旧时代的手工感，这两样搪瓷制品的黑釉边缘都故意滴出一个小缺口，好像青春的回忆，真实、粗糙又温柔。

糖纸

"男米老鼠戴手套，女米老鼠也戴手套，还穿花裙。"为了把自己的阅读从对顾城的愤怒中解放出来，我买了一本他的散文集《树枝的疏忽》。看到这段描写，我感到自己的愤怒像一个正在瘪下去的气球：对于天才，我们真的生不起气来。

米老鼠是一张玻璃糖纸。20 世纪 30 年代，上海各大电影院开始放映以米老鼠为主角的卡通片，ABC糖果厂迅速推出了电影的衍生产品——米老鼠奶糖，上海滩出现了买奶糖的长队。到我出生的时候，米老鼠奶糖已经停产了，爱国卫生运动号召大家除"四害"，首害就是老鼠，所以糖果厂用身世清白的大白兔代替了这只老鼠。

刚上小学时，不知从哪儿刮起了一股攒糖纸的风，全院的小朋友开始一起攒糖纸，还做起了糖纸贸易，把重复的糖纸夹到书里，走家串巷和其他人交换。糖纸有公认的三六九等，一般人物画最珍贵，然后是动物、花朵、花纹，又以米老鼠最为高端。邻居家的小弟弟曾经从家里偷了他爸的高筒雨靴，跟人换了这么一张糖纸。我和他一起，先把糖纸洗干净，展开每个褶皱，贴在玻璃板上，还不平，又压上一个装满开水的搪瓷茶缸。晾干的糖纸放在手心里，会一点一点卷起来，好像被我们的宠爱赋予了神奇的生命。

平常没多少机会吃糖，偶尔妈妈会从柜顶上取下篮子，拿一颗水果硬糖给我，包在外面的都是很普通的单色玻璃糖纸，而且因年代久远变得轮廓模糊的糖块一定是和糖纸紧紧黏在一起，经常撕破了还撕不下来。

春节才是攒糖纸的高峰时间，家家户户都会花心思把各种糖的花样配齐，甚至还会有罕见的酒心巧克力。初一早上，姐姐带领着我和妹妹给邻居们拜年。不管邻居是不是装出来的大方，反正总要扯住我的口袋往里面放一块糖。如果轮到我的是一个稀少品种，我会格外小心不把手插进新衣服的口袋，以免体温影响到糖的完美度。

这个糖不是用来吃的。把刚收获的糖放回家里的糖果盒，觉得整盒糖的颜色都因为这一块糖的加入而变得洋气和丰富起来。

那时候有好几种现在想来也非同寻常的糖，一种是人参糖，一种是鹿茸糖，听上去都是大补，可当时就是我们的零食，还有一种莫名其妙的芒果蛋白糖，不知道是什么原料做的。这几种糖，都包在漂亮的玻璃糖纸里。而大白兔、熊猫、迎春用的是蜡光纸。蜡光纸的好处是很容易铺平，夹在书里很齐整。蜡光纸和糖之间隔着一层薄薄的糯米纸。有时候粗心的工人包糯米纸时没把糖完全裹住，蜡光纸就会被糖黏下来一块，糖纸肯定是不完美了，吃糖的时候还得小心绕开这块纸，真是沮丧。

明黄的底色，上面画着一只鲜活的红色大虾，这是北京出的红虾酥。一位北京知青的家里总是摆放着这种糖，隔一段时间我就要处心积虑想个理由，比如送电报，去她家里呆一会儿，蹭一块红虾酥吃。红虾酥的糖纸用的也是蜡光纸，偶尔也有糯米纸包不好的时候，可酥糖本身有一层外壳，所以从来不会把糖纸黏住。

上学以后，看到有同学竟然拿出了整版的糖纸，一张上面有整整 8×10 共 80 张糖纸，一点折痕都没有，让我觉得自己的收藏品一下子变得破烂不堪。他家是从北京来的，有亲戚在北京第一食品厂上班，工厂生产计划改变就会遗留下一批这种连张的糖纸。

太奢侈了！当我在初中二年级学会使用"奢侈"这个词的时候，脑海中挥之不去的画面就是整版的红虾酥糖纸。

套袖

　　一位已经算不得年轻的朋友，终于告别了单身。婚礼上，她承认自己其实是上当了："到办公室去找他拿资料，他穿的灰夹克外头罩着一副蓝套袖，一下子就觉得他特别踏实，特别干练，跟我爸爸年轻时候一样。第二次见面才知道，那件灰夹克是拼色的，我以为是套袖，其实是半截蓝袖子。"

　　套袖，有的地方叫袖套，是戴在袖管外的套子，目的是保护衣服，一不易蹭脏，二不被磨破。我记忆当中的大人，几乎都是带着套袖的，阿姨们带着套袖缝纫、洗衣、做饭，叔叔们带着套袖帮家里换煤气罐、买秋菜、修理半导体。那时候每个人都身兼各种技能，上班下班都在不停地忙碌，时不时拎一下滑落的套袖。

　　梁衡先生曾经在一篇文章中提到周总理的套袖："他一坐到桌旁，就套上一副蓝布袖套，那样子就像一个坐在包装台前的工人。"连一国总理都戴套袖，可以想想当时全国有多少人是戴着袖套学习、工作、生活的。

　　深蓝色的纯棉布套袖地位最为高贵，戴蓝套袖的不是工人，就是干部，总之都是有身份的公家人。工人戴袖套，可以保护衣袖不蹭上机器上的油污；而经常伏案工作的干部，戴上套袖，袖肘处不易磨损。老师和银行职员也都学着光荣的劳动者的打扮，工作时一定要戴一副蓝套袖。

洗得泛白的蓝套袖，透着一股清简的味道，就像那个时候人们的生活。后来见过一个日语词——侘寂，指朴素又安静的事物。看到这个词，眼前就会出现一副洗旧的、爱护得很好的蓝色的棉布套袖，节制，冷瘦，显得人再有修养不过。

小孩子的套袖就没那么讲究了，大部分是用旧秋裤做的，裤腿一剪，两头各缝上一条橡皮筋就好了。而我的妈妈对美有一种偏执的追求，即使在供应紧张的年代，也非得用她中意的崭新的碎花布给我们做套袖。小学的班主任老师对此大为不解，想不通明明有现成的破衣服，为什么要浪费布票。

那时候，一件衣服得之不易，我们必须想很多办法来保护它，比如戴套袖。我们还必须给珍贵的家庭财产——自行车加上保护套。到五交化商店买自行车的人，会同时在那里买回红的、绿的、黄的塑料带，一圈一圈缠在自行车大梁上，防止油漆被划花。舍不得买塑料带的，还可以从厂里的电工那儿拿回来黑胶布，同样一圈一圈层层叠叠缠上去，不够美观，可是能起到同样的保护作用。

对于我们珍视的东西，我们总是忍不住要投入很多的爱，以为这样就可以千秋万代拥有一个崭新的它。有人在亮闪闪的不锈钢煤气灶头四周衬上一层锡箔纸，有人在新汽车的皮座椅外头罩一层布套，当然更多的人在新买来的手机、单反相机屏幕上贴一层膜，以至于路边摆摊卖袜子、鞋垫的小贩都在纸板上贴出新广告——"祖传贴膜"，可见这个市场有多大。

戴套袖的唯一坏处是，衣服旧了，袖管还是新的。可是有一对新袖管的衣服，仍然是旧衣服。就像青春，总会成为过去时，即使你千般小心，从不曾挥霍。

替下来的衣服

朋友们每次看到我穿着新衣服，听我声称"我姐的""我妹的"，脸上还挂着"白捡来的"那种得意的表情，她们就带着一股子醋劲儿说：有姐妹真好！

小时候我可不这么想。如果你上面有一个姐姐，那就意味着除了过年，你一年四季总是在穿她替下来的衣服，膝盖和肘部打着补丁，裤角接着一截小花布，衣襟上染上酱油渍，袖口拖着一长条钢笔印，颜色灰蒙蒙的，扣子五颜六色，就这样的衣服，也总得等到她实在不能再穿了，才到我手上。

不过，要是跟妹妹比起来，我穿的旧衣服至少还属于六成新，等到了妹妹身上，这件衣服所提供的原始线索已经消失殆尽，再有想象力的人也无法判断它最初的颜色、质地、款式。

眼看着姐姐穿了一件新衣服，眼看着她穿着新衣服爬墙，眼看着新衣服剐了大口子，眼看着她甩钢笔水甩到衣服上，留下省略号一样串成一串的蓝墨迹。眼看着新衣服越来越旧，可它显然还不够旧，替下来的日子还遥遥无期。我不知道该不该盼它快点儿变旧，因为它不够旧，就轮不到替给我；可它旧得太快了，都快变成破衣服了，我又不想穿了。

为了让我们穿旧衣服时嘴巴不要噘得那么高，妈妈使出了各种手段：补丁尽量找和衣服颜色一样的，至少也要同色系的，不要补成四四方方的，而要补成一朵花，一只小鸭子，一所小房子；洗不掉的污渍被绣成了一排小草，一棵椰子树，如果这块污渍太大了，索性变身为一个小花园，开满五颜六色的花朵；袖口、裤口需要加长，一定要挑好看的花布，最外边再贴一圈花边；衣服褪色了，不要紧，把整件衣服里外一翻，重新缝一遍，基本上就和新衣服一样光鲜了。

上高中以后，我就没再穿过姐姐替下来的衣服。当然是因为家里经济条件好了，更因为妈妈说了："女孩子长大了，得有几件好衣服了。"

打补丁的衣服没了，母亲的手艺却没有丢。我有一件极为普通的黑色针织连衣裙，妈妈给它缝上许多亮片，从远处看竟然是一只凤凰；平淡无奇的白开衫，被妈妈沿衣襟缝了一圈窄窄的真丝乔其纱，竟然和汤姆·福特的设计不谋而合。现在我们知道有《舌尖上的中国》，如果有一天电视台要拍《指尖上的中国》，一定记得提醒我替母亲报名啊！

挑食

挑食的人都是在幸福中长大的。

挑，意味着至少有两个选项；允许你挑，就是给了你某种权力。爸爸妈妈就是用这种方式让我感到被娇宠的。

小时候，一到冬天，菜的花样会少得可怜，换来换去无非土豆、咸菜、酸菜三样，偶尔吃顿白菜，就算是吃好的了。不知道从几岁起，我特别害怕吃白菜，这种混合着绿叶子和白帮子的食品对我来说意味着无法言说的矛盾：同样是白菜，有时候它会特别好吃，让我恨不得把整盘菜都一个人吃掉；有时候又会难吃到一口也咽不下去。所以每次白菜一端上桌，我就苦着一张脸，等待着命运的裁决。

终于有一天，妈妈发话了："这孩子不吃荤油。"真的呀？爸爸不信一个孩子能分出荤油和素油来，就分别用荤油和素油炒了两次白菜，结果验证了妈妈的结论。

这下可把爸爸妈妈难住了。按户口本，每个月每人供应二两胡麻油，这个量一天炒一个菜都不够，所以家家户户买肉时都抢着要肥的，好拿回家炼出一大碗雪白的荤油来，炒菜、拌面条都好用。

　　我的父母成功通过了"如何对付矫情孩子"的考验，他们不厌其烦，每次炒白菜都炒两份，大份用荤油，大家吃；小份用素油，归我一个人。

　　我不仅没有为口味上的挑剔而付出任何代价，反而因此得到父母格外的关注，于是变得更加肆无忌惮，连过年吃饺子也非素的不可了。

　　肥肉炼出荤油以后就成了油渣，稍微放凉点儿，拌上盐，咬在嘴里酥香油润，所以经常不等它彻底晾凉，我们姐妹三个就把一盘子油渣抢光了。爸爸或者妈妈从来不会就此责问我："咦，你不是不吃荤油的嘛！"

　　尝到挑三拣四的甜头以后，我又自觉地为自己培养出了一个挑食的新方向：吃豆馅。豆馅是家里做豆包和油糕的馅料，一般过年过节才吃。妈妈发现了我的新嗜好以后，每次等豆子一煮熟，就先给我盛出一大碗，放上一大勺白糖，拌匀了递给我。端着一碗热乎乎、甜腻腻的红豆馅，趴在桌子边，看着父母一边说话一边把包好的豆包、油糕摆在盖帘上，我幸福得像被黏稠的蜜糖裹住了一样。

跳皮筋

"小皮球，香蕉梨，马莲开花二十一。二五六，二五七，二八二九三十一……"这首没头没脑的歌是小时候跳皮筋时唱的。

跳皮筋至少得有三个人才能玩，两个人站在两头抻着皮筋，第三个人在皮筋中间，两腿跨皮筋左右两边来回跳，被皮筋绊住或缠住就算跳坏了，轮到抻皮筋的上台。这个游戏是分段位的，初段时抻皮筋的把皮筋套在脚脖子上，跳皮筋的几乎相当于在原地随便蹦几下就能过关。成功升级后，皮筋升到膝盖高度，再升到腰上……最后是小举，就是胳膊全部伸直上举的高度。如果这个也能成功过关，抻皮筋的会踮起脚尖，把皮筋举到绷直的指尖上，这是人体延展的极限，叫大举。跳皮筋的努力斜着身体，单腿保持平衡，另一条腿拼命向上探，只要能钩住皮筋，皮筋的高度马上被脚的重量拉下来了，游戏继续。

跳皮筋是女孩子最主要的游戏方式，但是我们院的孩子们都不爱带我玩，因为我实在是太笨了，想给人家抻皮筋人家都不要我。这时候妹妹就挺身而出，板起脸威胁人家："你们不要我姐，我也不玩了。"妹妹身体灵活，玩什么都行，每次跳皮筋都能跳到大举，踢盒子一脚就能踢到最远处的格，所以在游戏界非常有权威，大家只好同意我入伙，但只能做老稍子。啥叫老稍子呢？就是捎带着你玩，但不算成绩。

那时候没几户人家有闲钱给孩子买玩具，可这并不意味着那时候的父母不爱孩子，用废旧传送带和铁板做一个秋千，用木板和轴承做冰车，橡皮筋绑在弯好的铁丝上就是一个弹弓，两根冰糕棍能拼出竹蜻蜓……妈妈分析室的橡胶管，颜色从最初的浅黄变成了褐色，光滑的表面出现了纵横的小裂纹，这样老态龙钟的橡胶管已经不能用来做实验了，妈妈就会把它带回家，叫我们坐下来，一人发一把小剪刀，把橡胶管斜着剪成差不多一厘米宽的连续不断的带子，这就是皮筋。

橡胶到底是旧了，失去了弹性，经常跳着跳着皮筋就断了，这也不打紧，拉住两头系个疙瘩就能接着玩。所以玩得时间长的旧皮筋，都是一个接一个的死疙瘩。

橡胶管做的皮筋轻薄柔软，打到身上也不太疼，属于皮筋里的高档产品。大多数孩子玩的皮筋是黑的、硬的、笨的，那是从自行车轮胎上剪下来的。黑橡胶厚而且硬，剪起来硬邦邦的，特别费劲，剪好了放在书包里沉甸甸的一大盘，很占地方。黑皮筋弹性差，悠起来沉甸甸的，打到身上特别疼，但它有一个好处，就是结实，能玩好几年不断。还有红色的橡皮筋，是自行车内胎做的，比黑色的外胎轻、软，弹性好，但还是不如橡胶管那么柔韧。

跳皮筋的年代，我很自卑。但我感激这种游戏带给我的自卑，让我懂得了家庭生活之外存在着的规则，如果你想和人家玩，就必须尊重这种游戏规则。

兔皮手套

在旧金山梅西百货门口，三位姑娘举着大纸牌冲我喊："爱护动物，不穿皮草！"我回头大声回答："OK——"其中一位姑娘追上我，奖给我一块太妃糖。

答得这么干脆利落，是因为我根本没有皮草，紫貂、花貂、沙貂、银狐，啥都没有，因为舍不得花钱，所以成了一个响当当的动物保护主义者。

回到宾馆，脱皮靴的时候，我突然迟疑了：这靴子用的牛皮算不算皮草啊？还有我背的包，羊皮的；钱包，磨砂猪皮的；还有鸡毛掸子……贵倒不贵，可是不是所有的皮子啊、毛啊，都应该算皮草啊？因为它们都来自某只动物的牺牲，不管它是长得天生就该被杀掉的猪，还是只吃草的无辜的羊或牛，还是和我们更亲近的某个小宠物。

上小学时，家里养过三只雪白的兔子。每天放学以后，就和院里的小朋友一起去拔草，他们家里也有兔子，有的养着猪。猪就是猪，什么都吃，连灰灰草也吃，这种草遍地都是，根本不用费劲去找，又一副灰扑扑的模样，地位也就最低贱。我们的眼睛只盯着三个圆圆叶片的苜蓿草，兔子懂得挑肥拣瘦，这是它们的最爱。

把草递到砖头搭的兔窝里，趴在小窗口看兔子的小嘴巴一张一合。看兔子差不多吃完了，我会长时间地摸着它光滑的皮毛，夸它长得漂亮又温顺，两只眼睛亮晶晶，问它长大了想干什么。

那年秋天，姥姥从东北来了。一进门她就开始忙活儿，做饭、缝被子，还给我们姐妹三个一人做了一件斜襟的花棉袄。姥姥特别能干，没有她不会、不懂的事，所以，有一天，我放了学拔了草，回到家，家里的大锅里炖上了肉——兔肉。

兔子是家畜，家畜的意思就是有用，和猪、牛、羊一样，生来就是为了有朝一日被人杀的。可我一直是把它当宠物养的，我抱着它，和它说话，还知道它吃的草不能带露水，不能拿到龙头底下洗，不然兔子会拉肚子，而拉肚子对兔子来说是致命的。没想到，它没有因拉肚子而死，而是死在人的嘴里。

不记得那天的肉我吃了没有，但几天之后得到了一双手套，我倒是戴了一个冬天。手套分两层，外头是红色的小碎花布，里头那层特别光滑，手一伸就溜进去了，而且特别暖和，戴一会儿就会出汗。那是一双兔皮手套，姥姥做的。圆圆胖胖的两指手套，被一根绳子拴在一起，挎在脖子上，这样不容易丢。

前几天和姐姐在 QQ 上聊天，她刚接了一项任务：从新年那天开始，孩子让她把家里那只金吉拉猫掉的毛收集起来，等猫百年以后，孩子去做一个不锈钢模型，她负责把毛都粘上去，"他就可以永远陪着咱们了"。

可怜我的兔子，哪有这种福气呀！

网兜

　　有朋友曾经讽刺我和我的闺蜜一起去巴黎的打算：三个女人在一起，能分成四派，非打起来不可。虽然巴黎之行因为你忙我忙她忙至今还没有实现，可免不了一次又一次聚在一起，即便没有巴黎，我们仍然能展开话题。准确地说，这种情况不能叫交流，因为我们就是各说各话，你的孩子、我的上司、她的衣服，没有回应不要紧，重要的是"在说"这种状态。所有话题最后九九归一，归到了像西西弗斯的石头一样日复一日、没完没了的家务上。

　　女性的乐观和坚韧就体现在我们总是能用鸡毛蒜皮来消解这一沉重的话题，比如一个网兜。我花 20 块钱在淘宝买了 50 个小网兜（其中 10 块是邮费），就是这种惠而不费、两毛钱一个的小玩意儿，那次就给我的闺蜜均带来了一阵惊喜：裹在香皂外面，帮助起泡；出差时装充电器、U 盘，省地方还一目了然；放化妆品、文具、袜子，连照相机都能妥妥帖帖地安放其中——出自渔民智慧的网兜，在收纳中简直无所不能。

　　小时候，身边总有许多会用木板和废轴承做冰车的男人、会用彩色透明玻璃丝编网兜的女人，他们都是生活的魔术师，点石成金。一卷玻璃丝抓在手里，食指上下翻飞，直线直接跳跃成法力无边的三维立体：西瓜、茄子、豆角随便装；蒜，存在网兜里不捂不烂；走亲戚，拎一兜子水果。

秋天，成熟的槟果绽放着紫红色的光芒，散发出醉人的香气。为了随时享受这香气，妈妈为我编了一个迷你小网兜，大小刚刚能放一个槟果，底下挂一条长长的穗儿，上面编出一个环形，挂在脖子上，不用低头，也知道自己身处一个果香四溢的世界。玻璃丝是绿色的，和槟果的红撞在一起，鲜活灿烂。

接近腐烂的槟果仿佛开到荼蘼的花，拼命释放着最迷人的芬芳。我知道，这是它与我最后的别离。检查整个网兜，挑出一个最大的洞，一点一点撑开，槟果轻轻松松就取出来了，换上比它小一号的柰子，同样是紫红色，同样芳香四溢，秋天又被延续下去。

和妈妈在同一个分析室上班的小刘阿姨，当时正在恋爱。她的恋人有一个带铝盖的罐头瓶，他每天带在身边，用它喝水。她托人从太原捎来七彩玻璃丝，用三天时间编了一个网兜，兜住杯底和大半截杯身，再编一个提手。有了这个杯子套，可以保温，还可以防止盛了开水的杯子烫手，而杯套极其细密复杂的花纹，让他读懂了她温婉绵长的心思。

文化衫

文博会上，一位中年男士试着一双草鞋，一边跟朋友抱怨：啥东西一加上文化就可贵了。

可不，一件普普通通的白汗衫（也有地方叫老头衫），赶上商店处理，最多五块钱一件，要是有人突发奇想在上头印上几句话，变成文化衫，那价钱翻一倍都不止。

20 世纪 80 年代末，我念大学时，不知怎么就开始流行文化衫了。以前汗衫上也印字，如"工业学大庆""农业学大寨""大干快上"等，白汗衫背上印着红色的黑体字，规规矩矩排成一行，就像把墙上的标语移到衣服上一样。谁能想到，一夜之间，"别理我，烦着呢"也能往衣服上写了。"我是流氓我怕谁""跟着感觉走""我吃苹果你吃皮""挣钱真累""没钱真苦"，说这话的人一定得是手插裤子口袋、眯着眼、叼着烟，满不在乎地抖着腿，一副破罐子破摔的无赖样儿，字写得歪歪扭扭，一看就是小时候学习不好。

那时候"文艺青年"还不是个贬义词，每个大学生都在看尼采、听演讲、读朦胧诗，知道世界上还有"自我""个性"这种东西，正想着怎么把自己搞得文化一点、叛逆一点、与众不同一点，文化衫可算帮了大忙。

百货商店当然不屑于卖这种不正经的玩意儿，这块市场属于身份不明不白的个体户，他们的经营场所也不叫服装街、女人街，而是自由市场。自由市场卖的衣服都是南方来的新款式，质量可就没保证了，至少我买的文化衫洗几遍以后领口就懈得没形了。好在价钱也不怎么贵，五六块钱，谁也没指望穿它一辈子。

当时卖文化衫最火的地方是西单的劝业场，这是外地文艺青年们心驰神往的地方，文化衫上最流行的口号都来自这里，当然这市场早就没了，现在变成了一片建筑高低错落的广场。

和文化衫一块火起来的还有王朔的电影，《顽主》《一半是海水一半是火焰》里面的人没个正经工作，每天逗女孩、喝酒，过得花天酒地，一张嘴都是些貌似深沉的格言警句，往汗衫上一印就火。后来有批评家给王朔的小说语言专门下了定义——痞子语言。这些人嘴上标榜自己不学好，是个混蛋，其实骨子里还有点儿小善良，内心还有点小痛苦，正对了文艺青年的胃口。

那时候流行周期比现在长，文化衫一卖就是四五年，后来被开公司的个体户老板看上了，找到服装厂，往文化衫上印上公司的名称和标志，当会议礼品发给大伙。于是很多人穿着免费T恤招摇过市，没几天满大街都是LOGO。后来有人觉出不对味了：凭什么我穿衣服给你打广告啊？这么新的衣服闲置着，老人们看着心疼，就拿来自己穿。于是每到夏天，总能看见光头老爷子摇把蒲扇在路灯底下下棋，穿着一件松松垮垮的文化衫，胸口写着"××进出口贸易公司"。

文具盒

收纳，是对品质和秩序的追求。这一点，我三年级第一次用上文具盒时就体会到了。

在此之前，是用厂里医疗所装针剂的纸盒装文具的，里面一棱一棱的，正好把笔隔开。不过毕竟是纸的，没几天盖和底就分了家，再厚着脸皮要来胶布粘上，胶布很快又黑又脏，就粘不牢了。

这种狼狈不堪的生活，被新买的铁皮文具盒终结了。铁皮文具盒比纸的结实多了，我通过不断地摔打、磕碰，反复验证着这个结论。表面的漆磕掉了，盖上撞得坑坑洼洼，可它还是个文具盒，我还是能把铅笔、橡皮和旋笔刀摆进去，把盖盖上。

早上是最容易下决心"从今天开始如何如何"的时刻，把铅笔按长短、颜色摆进文具盒，再见缝插针放上橡皮和旋笔刀，整个铅笔盒看上去就像正等待着尊贵客人的一桌盛宴，让人对即将到来的时刻充满了期望。经过一路蹦跶，到学校打开一看，成了一锅粥。

讲究点儿的孩子会在文具盒底层铺一层报纸，增加摩擦系数，铅笔不容易乱跑，走在路上也不会喴啷喴啷响，还减少了对文具盒的磨损，什么时候掀开都能看到上面镀的那层锡箔闪闪发亮。

小学快毕业时，我考了一回双百，班级奖励了一个淡黄色的海绵文具盒，画着一只雪白的小兔子蹲在草丛里。这个文具盒的盖不是像以前那样盖上的，而是吸住的，盒身上一块磁铁，盒盖上一片铁皮，啪嗒啪嗒，打开，合上，真潇洒。买了海绵文具盒的同学，都是以这种方式来宣布消息的。玩得多了，磁铁和铁片慢慢松动，直到从塑料的包裹中逃脱出来，留下一个空洞。文具盒还能盖上，可乐趣少多了。

如果把铁皮文具盒比作平房，海绵文具盒就是复式结构的别墅，上层的五个插孔放最常用的笔，下层除了可以放笔，还分隔出了专门放直尺、橡皮的空间。盖的里面也没浪费，加了两个插袋，透明塑料布底下放课程表，另一个有着波浪形花边的插袋装三角板和量角器。

海绵文具盒收纳能力强，而且不断革新。盒盖上的图案，从二维变成三维——有的文具盒转一转，就能从不同角度看到盒盖上的人物或动物变了，好像会动一样；文具盒内部的双层结构变成了三层、四层，因为太厚了，所以底面也设计成能打开的，成了另一个盖，正反两面图案不一样，所以一个等于两个。

海绵文具盒比铁皮的贵好几倍，所以还属于少数人的奢侈消费。往课桌旁一坐，拿出文具盒的一刹那，同学们的家庭经济状况就大白于天下。班里有一位很特别的女生，长得娇小玲珑，头发自来卷，说话时眼睛一闪一闪的，而且那个时候她的名字就叫丽娜。据说，她家里有人是华侨，所以她家里的墙上挂着很多照片，上面的叔叔阿姨看上去特别洋气，家里的新鲜玩意儿也多。有一回，她拿来了一个新的海绵文具盒，除了平常那些放文具的空间，盒盖靠左边还分布着一列按钮，七个颜色，按第一个，盒盖自动弹起；按第二个，笔插自动竖起；按第三个，出现的是旋笔刀；按第四个，出现的是橡皮；按第五个，出现的是放大镜；按第六个，出现的是小剪刀；按第七个，文具盒后背竖起一把直尺！如此全自动的文具盒，令全班同学目瞪口呆，几十双黑黑白白的小手，上百根胖胖瘦瘦的小手指头，抢着朝那七个按钮摁下去，摁下去……这个自动文具盒在全体同学的青睐下，在超负荷的运转下，不到一学期，七个按钮有五个已经完全失灵了。

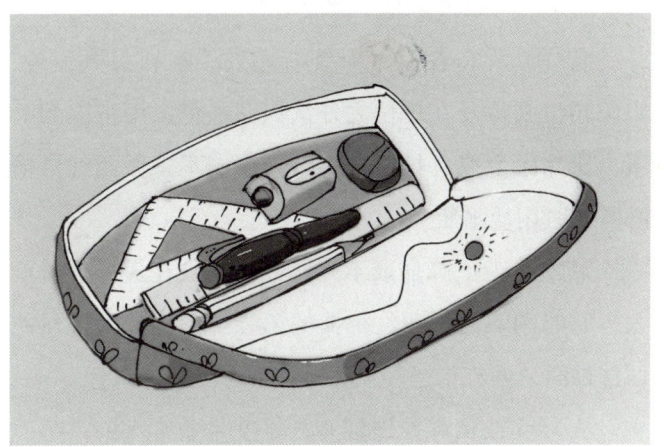

西红柿酱

每次把玻璃瓶扔进垃圾桶之前总是不舍，虽然已经扔掉无数个了，可总要多看一眼，才恋恋不舍地脱手，然后在垃圾桶旁边再站一会儿：瞧它，大小多么合适，形状多么完美，质地多么透明！

这实在不是一个可以随随便便扔掉的东西。

20 世纪 70 年代末，我们全家从雁北搬到太原的第一个夏天，让母亲发愁的一是如何把孩子们的雁北口音抹掉，二是如何做西红柿酱。雁北人入冬之前只会腌洋姜、泡酸白菜，所以当左邻右舍的主妇开始忙着做西红柿酱的时候，她傻眼了，她甚至不懂得这个看似简单的项目绝不是一蹴而就的。

首先，你得在医疗系统有熟人。刚到太原不久，妈妈还没来得及在单位之外认识一些可以用得上的关系，比如医生或者护士，所以母亲搞不来做西红柿酱必需的医用盐水瓶。

其次，为了降低成本，西红柿必须在最低价时购入。妈妈刚明白做西红柿酱的第二个前提是大批量的西红柿时，西红柿已经从五分钱一斤涨到了八分。

人际交往从零发展到有，难度是非常大的，第二年母亲干脆放弃了做西红柿酱的尝试，因为那一年当中她仍然没能结识任何一位医疗系统的朋友，她告诉我们："咱们家不吃面，不用西红柿酱。"可是当姥爷写信说希望妈妈能去医院买一斤薏米寄回老家给姥姥治病时，妈妈被逼得眼泪在眼睛里直打转。

情急之下，我忽然想起我在班里刚认识的好朋友，她妈妈就是中心医院的。当好朋友陪着我站在医院的药房外头，一边没话找话，一边等她妈妈出来时，我觉得自己特别有用。

有用的不是我，而是我的好朋友。又一个夏末到来时，她从她妈妈那儿弄了几个瓶子，兴冲冲地跑到我家教我们做西红柿酱。

如果为了得到某样东西而花费了太大的代价，人对这件东西的喜爱程度会大幅度降低。洗净、挖掉柄蒂的西红柿在开水里烫过之后，我们全家坐在小板凳上，围着一个大铝锅，开始剥西红柿皮。我忽然觉得烫过的西红柿味道特别难闻，整个院子里都散发出一股酸腐味儿，我被这股味道冲撞得胃疼起来。

酸腐当然难闻，可我更不喜欢的是这股味道所代表的那种强烈的世俗色彩，那种小心翼翼的寒酸，而我很早就认定俗气是世上最让人难以接受的形容词。

在我的强烈反对下，我们家只做了这一次西红柿酱。幸亏本地的大棚菜很快多了起来，南方运菜的车也开进了城，以前多稀罕的菜都成了四季供应，菜站一到八月就堆得小山一样的西红柿、邻居家窗台上那排装西红柿酱的盐水瓶都消失了。

有关反季节蔬菜、防腐剂、添加剂的报道多起来以后，我会偶尔想起西红柿酱这种成分单一到只有西红柿的东西好像也有点儿道理。等超市里卖起查尔斯王子亲手做的、印着王储徽章的"公爵领地"牌樱桃果酱时，我彻底动摇了，做酱也不一定很俗气嘛。

要不明年西红柿便宜下来，我也做几瓶西红柿酱吧，手工、有机、环保、绿色，四个时髦的定语，和俗气可是一点不沾边，何况，我现在至少有二百个渠道可以搞到盐水瓶，花钱的、免费的，要多少有多少。

西装

　　舅舅，就是那个穿灰色卡其布中山装、拎提包、背一袋大米、坐一夜火车灰扑扑来我们家住一宿又匆匆离去的那个人。

　　如果他就是我舅舅，那照片上的这个人又是谁呢？

　　照片上，一个又高又瘦的中国男人站在街头，背后是一幢圆角的灰色建筑，木头门窗装饰着复杂的图案。那是 20 世纪 80 年代初，舅舅第一次出国，单位派他去英国和瑞典考察，一走就是两个月。这是一件大事，绝对称得上光宗耀祖，所以舅舅把这张在伦敦街头拍的照片洗了好多张，分发到亲戚朋友家，收到照片的人又都不约而同把它摆在了玻璃镜框的最中间。

　　整张照片都是灰色的调子，看上去十分洋气，而我的舅舅以一套卡其色的西装和黑色的领带，恰如其分地融进了一派洋气之中。

　　那套西装是单位让舅舅去北京红都定做的出国标准装，男的一律上衣、长裤、背心三件套，女的则是上衣、长裤、短裙三件套。如果是冬天，不论男女还能加做一件双排扣呢子大衣。料子颜色以黑色、藏蓝色为主，像我舅舅这样做卡其色条纹套装的，十分标新立异。

在以前的印象中，穿西服的都是电影里的间谍、特务或者油头粉面、好逸恶劳的旧社会少爷。妈妈有位同事毕业于上海圣约翰大学，腰总是挺得倍儿直，衣服领子雪白，和小孩子说话也透着几分客气。他家里有一套40年代在银行工作时定做的浅灰色条纹西装，可我从来没见他穿过。当时厂里有宣传队，演的戏里要是有坏人，就把他的这身衣服借走。后来他索性让裁缝把上衣拆了，给夫人改了一件两用衫。

就在舅舅出国之后不久，《新闻联播》里出现了中央领导穿西装指导深圳工作的镜头，不久全国就掀起了西装热。

西装成衣很贵，便宜的也得二三百块，相当于普通人家一两个月的收入，所以商店里的西装总是试的人多，买的人少。只有经常开会的人，或者是参加特殊仪式的人，比如结婚，才会考虑买西装。1984年暑假，我在北京一家照相馆的橱窗里看到一个广告牌，写着"这里出租西服"，旁边摆着好几对新郎新娘穿同样的蓝西装、别红花拍的结婚照。

当时爸爸妈妈都属于单位里年富力强的骨干，经常要去北京、上海、广州出差，似乎是一夜之间，西装变得必不可少。他们开始琢磨到裁缝铺各做一套能应付各种场合的西装。那段时间我认识了不少面料：

毛哔叽、华达呢、凡立丁、法兰绒、板司呢、花呢。爸爸妈妈商量好，必须是纯毛的，混纺的次之，腈纶的完全不考虑。在五一百货大楼、解放大楼、开化寺、华泰厚、红都制衣转了好几个星期，终于敲定了一块深蓝色的华达呢。因为裁缝的活儿太多，所以两个月后，爸爸妈妈才穿上了平生第一套西装。

那段时间，他们不管是出差，还是旅游，或者去同学朋友家做客，穿的都是这套衣服，那相当于他们的礼服。影集里有好几页都是他们穿着这套西装在做各种事情的照片，称得上"以不变应万变"。

把西装当作最高级的礼服是人们的共识，所以秋菊才会在打官司时，在棉袄外面套西装，就是为了赢得城里人的尊重。一时间那么多人甩着商标都没有撕下的袖子、皮带上挂一串钥匙，骄傲地迈向更体面、更讲究的生活，全然不知这有多么不合着装规范。

上周，爸爸陪妈妈回沈阳探亲。他把我为他准备的冲锋衣扔在一边，在花 T 恤外面套上了一件十几年前买的灰西装。当我告诉他冲锋衣要比他这件西装时髦一百倍也贵十几倍的时候，他吃惊地看着身上的衣服："西装不是最好的衣服吗？"

洗衣机

　　Glamour 美容杂志编辑把洗衣机、卫生棉条、避孕药和长吻不留痕的长效锁色口红共同列为"节省女性时间方面具有划时代的革命意义"的产品。更有经济学家认为，洗衣机堪称对人类经济发展贡献最大的发明，因为它把大量的妇女从家务劳动中解放出来，相当于给全球增加了三分之一的人口红利。

　　主妇被解放之前，生活是这样的：黎明即起，做饭，纳鞋底；做午饭，洗衣服，收拾屋子；做晚饭，哄孩子，洗孩子换下来的衣服，睡觉。

　　母亲属于被解放的妇女，受过良好的教育，始终挣着和丈夫一样多的工资，从婚姻的初始阶段便理直气壮把自己从做饭中解放出来。即使母亲这般自我解放了的新女性，仍然逃脱不了洗衣服的角色。小时候，每个星期天早晨，人都是在母亲搓衣服、泼水的声音中醒来的。面对一个大铝盆，母亲弯着腰，在小板凳上一坐就是一个上午，有时候是一整天，把全家人里里外外的衣服都在盆里洗干净，再拿到院子里的水龙头底下漂干净，晾到铁丝上。偶尔伸伸腰，母亲注意到我们又没在学习，就气不打一处来，狠狠一顿教训是免不了的。

如果没有洗衣机，很多东西是根本不可能存在的。比如那时候盖缎面花被子，其中有一头必定缝着被头，就是一条一米多宽的白棉布，粗针大线绷在被子头上，脏了就拆下来，窄窄的一条洗起来相对方便。至于拆洗整床被子，那可是个大工程，准备过年时才会进行一次。同样的道理，床单的外侧也铺着一长条花布，平时方便人们坐卧，更多的是为了洗的时候只洗这一条，而不是整个床单。想想吧，要是那时候谁家用被罩……这是要把洗衣服的人累死嘛！

20世纪80年代初，洗衣机带来了可以把整床被子罩起来的被罩，还带来了百搭万能的牛仔裤。牛仔裤是美国工人的工作服，所以才会有过来人说，牛仔布就是劳动布。要知道，真正的劳动布衣服，这种忠实记录着劳动者的工作经历的劳动布工作服，衣襟上的油漆、油污、石灰，按照时间顺序构成不同的层次，交织成斑驳的迷彩图案，有的一辈子都洗不了一次。湿了的劳动布，或者牛仔裤，都是又硬又重，揉不开，拎不动，拧不干，根本是狗咬刺猬的感觉。

一位邻居的亲戚是百货大楼的电器维修工，1980年专程到南京学习了洗衣机修理，学成归来后经常登门为省领导、军区首长家提供服务，很是风光。有了这层关系，我们家抢到了一台水仙牌单缸洗衣机。据说那时候全国各地的进货车都在洗衣机厂外排队等候，

24小时不间断，库房里面没有一台库存，产品刚下线就直接被运上车，进了商场，有本事、有关系的人家也未必能抢上一台。

单缸洗衣机虽然只是一个电机直接带动轮子，外加玻璃缸的简单装置，可它毕竟是洗衣机，把衣服一件一件扔进去，转上半个小时，衣服在水里快活地打着转儿，然后就干净了。轰隆隆的电机代替了拿搓板的主妇。

1983年，家里添置了一台海棠牌双缸洗衣机。看中这个牌子，是因为它的广告词——"海棠洗衣机，至诚通天下"，何况它还是咱们山西自己的牌子，维修起来也方便嘛。洗衣加甩干，双缸洗衣机更大地解放了主妇的双手，无非是站在洗衣机前，把衣服从这个缸拎到那个缸，拎上几个来回，衣服就洗好了。那台单缸的送给一位生活在农村的叔叔，据说这个金贵的东西在他家并不常用，因为它费电，而电都是要花钱的，所以他还是把衣服拿到河边去洗，摆在客厅里的洗衣机倒也没浪费，成了他家的米缸，"你知道，单缸洗衣机的那个缸很大的"！

洗衣机解放了母亲的双手，让我们奢侈地用上了雪白的被罩、床单，穿上了牛仔裤，还给我们的生活带来一个新词——休闲。

用来洗衣服的时间少了，每个星期多了几个小时花不完的时间，干什么呢？——休闲。于是，逛公园、郊游、拍照片在我们生活中出现的频率不再是以年计，而是以星期计，我们有了越来越多穿着紧身牛仔裤、随意坐在草坪上度过的星期天。

虾片

　　一家人吃完饭，坐在餐桌边聊天，每个人都会在发表意见的空隙，从盘子里抓一片虾片塞到嘴里，吃着还不忘抱怨做饭的人："爸，你怎么又炸虾片？不是告诉你吃油炸的东西对身体不好嘛！"一边吃一边唠叨，直到盘底只剩下一汪油，擦擦手抢着说："爸，油太多了！"

　　家里有三个女儿，父亲早就练出了充耳不闻的特异功能，我们说我们的，下次回家，照样有满满一盘虾片候着。

　　炸虾片看似简单，其实很考功夫：油不可节省，要一大锅才行；温度不能太高，否则即刻烧焦；油不够热的话又炸不好。所以父亲每次都要先掰一小块下来，"噗"的一声投进油里试油温。开头几片总是炸不好，有的边缘有点发黄褐色，那是油温太高了；有时候油温不够，一片虾片只有一半变得白白胖胖，另一半仍然干干瘪瘪，怎么都膨不起来。小时候，每次父亲炸虾片我们都站在旁边等着，专门接收失败的虾片。

　　试上几片就步入正轨了，一大包硬硬的、半透明的、红的粉的黄的虾片哗啦啦倒进油锅，像被施了魔法一样，在接触油的一瞬间膨胀起来。

20 世纪 70 年代最流行的儿童读物之一《动脑筋爷爷》，透露了虾片的奥秘：制作时要留许多微孔，孔里还要封闭进去一些空气。之所以叫微孔，是因为这些孔非常细小，我们用肉眼看不出来。虾片放进热油锅以后，一方面熟淀粉遇热就要软化，另一方面微孔中的空气受热就要急剧膨胀，里面的空气要向外挤，外面的熟淀粉又软化了，于是虾片立刻被胀大了。等到温度一降低，外面的淀粉硬化后，虾片就变得又松又脆、白白胖胖了。

有一位新认识的朋友，家境非常优越，这当然不是他的原话，他当时是这么说的："我不爱吃海参，小时候吃腻了。"我告诉他，我小时候吃过的唯一一种海鲜叫虾片。

他说："虾片不是海鲜，不是虾做的。"

我哈哈大笑，我当然是故意这么说的，当你没有能力和一个人比富的时候，比趣味也是一个不错的办法。事后，我有点儿不放心，专门谷歌了一下，没想到虾片竟然真的是海鲜呐，是用虾汁和熟淀粉混合制成的，不像香橡皮那样纯粹是分子的欺骗。

这么说来，我们小时候也是用海鲜来待客的呀。那时候，待客的凉菜永远是老三样：白糖拌西红柿，切一根香肠，当然，更隆重的菜式就是炸虾片。吃虾片，就意味着家里有客人，客人会给我们带来好吃的，母亲也会因为家里有客人，训斥我们的声音会比往常温和。

咔嘣咔嘣大口嚼着虾片，体验着它带来的美味、温情和欢聚，这一组搭配触碰到大脑中一个叫伏隔核的零件，形成了一个固定的奖赏回路——虾片＝快乐。等我们长大以后，再次吃到虾片，味觉神经循着往日的路线，再一次向伏隔核发信号，于是，昔日的美味、温情、欢聚扑面而来。

小布头奇遇记

一位美国社会学家到新几内亚高地的一个原始部落考察，发现当地人话特多，一堆土豆能说一下午，你家土豆，我家土豆，老祖宗的土豆，白人的土豆，明年的土豆……那天下午，他们会轮流讲述一个围绕土豆展开的故事。社会学家得出结论说：故事很重要，故事是这些新几内亚人最主要的娱乐方式，是他们获取信息的最重要的途径，他们借此保护自己的领地，防备外界的威胁。

人类天生爱听故事，难怪小时候经常听故事里讲，主人公被强盗抓到山洞里，强盗没有要他交出金银财宝，只要求他讲故事来换取自由。为什么我刚上小学，就能把厚厚一本《小布头奇遇记》看完？因为人天生就是要听故事的嘛。

妈妈去逛县城唯一的大街，在新华书店买了这本书，扔给我："好好看看！"可它实在太厚了，除了花封皮以后，怎么看都不像是一本儿童读物啊。所以姐姐就把它拿走，放学以后坐在院子里看，我没事时就蹭在她旁边，跟着一起看。这一看可不得了了，我一头扎了进去，和小布头同甘共苦了。

从前啊，有一个小朋友，名字叫苹苹。苹苹得到了一个小布娃娃，名字叫小布头。小布头穿着一件美丽的葱绿的小上衣，一条漂亮的雪白的裤子，脑袋瓜儿上的一撮歪毛是黑毛线做的，跟真的头发一模一样。小布头想做一个勇敢的孩子，有一回，他从酱油瓶上跳下来，碰翻了苹苹的饭碗，把米饭粒撒了一地。被苹苹批评以后，小布头离家出走啦。他坐上火车到了很远很远的地方，遇到了许多奇奇怪怪的事情，还差点儿被老鼠咬成碎片。最后，小布头懂得了为什么要爱惜粮食的道理，他变成了一个真正勇敢的小布娃娃。当然喽，他又回到了苹苹的身边。

从名字上看，这本书显然受到了《木偶奇遇记》的启发，就连故事的结构都如出一辙——一个有毛病的小朋友如何历尽艰辛成长为一个勇敢的、有责任心的人。可几年以后我真的看到《木偶奇遇记》时，反倒极其失望：太残酷了，简直不适合小孩子看——不就是说个谎嘛，哪个孩子没说过谎呢，就得把人家的鼻子变长，把人家逼出家门，还受了那么多苦，真是的！小布头的故事就温情多了，首先他是自己出走的，再一个呢，他一路上还遇到了那么多的好心人，而苹苹的心肠又是多柔软啊！

这本书被我翻了不止二三十遍，就算故事都快能背下来了，一翻开还是忍不住一直往下看，一直看到小布头平安到家才安心。当然了，它的故事很好看，而且我们家当时只有这一本儿童书。

现在走进书店，或者打开一个网上书店，面对无数的封面、无数的主题，甚至同一本书的无数个版本，无论你选择哪个，你都会觉得市场上总有比自己选的这本更好的。因此，我才能这么肯定地说：世界上再没有比《小布头奇遇记》更好看的书了！

小灵通漫游未来

气垫船、摩天大楼、手机、语音输入法、人造器官、立体环幕电影……这些东西在今天看来已经是日常用品，如果放在 50 多年前的 1961 年呢？

1978 年，妈妈去北京出差，带了一本书让我们学习——当时妈妈像许多家长一样，致力于用学习两个字消解孩子从读书中得到的兴趣。这本书的样子到现在我都记得很清楚，因为它有一个特殊的黑色封面，在花花绿绿的儿童读物中很是扎眼。

1961 年，在北京大学化学系就读的叶永烈为《十万个为什么》写了几百个词条后意犹未尽，又写了一本科幻小说，集中了当时他所了解的世界尖端科技信息，用一位名叫小灵通的记者的经历串起来。小灵通带着一支胡萝卜样的大钢笔，用三天时间采访了神奇的未来城市，这就是《小灵通漫游未来》。书稿搁到 1978 年才得以出版，不过其中描写的未来景象却一点不过时，连"麻要太阳桑要雨，采茶娘子要半晴天"这样令老天爷纠结的愿望，也通过天气协调结果轻松满足。

那个时候，绝大多数中国人还不知道坐汽车是何滋味，叶永烈已经为交通拥堵找到了出路：城市里水滴形的车不是行驶在路上，而是在空中飘来飘去，自动驾驶系统还保证它们永远不会撞车。这一情形到了1997年看美国电影《第五元素》时，终于变成了现实——当然是用三维电脑动画拍的特技镜头。不过那一幕仍然让我激动不已：看，我小时候就知道有这种车！

《小灵通漫游未来》引导着无数孩子走近科学，追寻幻想，相信科学可以改变世界，会让生活更美好。华罗庚、陈景润的头上戴着最耀眼的光环，遇到棘手问题时我们会叫它"哥德巴赫猜想"——这是世界数学三大难题之一，"长大要当科学家"被无数孩子写进作文里。现在最优秀的高中毕业生在北大光华管理学院扎堆，而在那个年代，班级最优秀的学生上大学一定要读物理系、数学系，在纯粹的智力世界里展开角逐，连应用数学这种带有实用色彩的学科都稍逊风骚。

十几年前，通讯公司推出一种听上去自相矛盾的新业务——移动固话。这种在市内用起来和移动电话一样方便的新电话以低辐射、低话费迅速抢占了移动电话的一部分市场，它的名字叫小灵通。叶永烈将这三个充满童年回忆的字无偿赠与了通讯公司。2014年年底，小灵通的全部业务停止了，最忠实的小灵通用户也不得不转投移动公司门下。小灵通这个名字又一次远离了我们的生活。

　　这本书留给我的后遗症是对科学的迷信，相信只有数学、物理才是会就是会、不会就是不会的真学问。写作，写不好，至少可以写坏；学经济，赚不到，还可以赔。你发明一个数学公式给我看看，就算错误的也行。不会了吧？你得承认，科学这门手艺只掌握在科学家手里。

幸子衫

第一次学会方程式那天，我惊讶地发现它的运算结果竟然和算术算出来的一样。即使后来学了那么多公理、定理，当它们真的管用时，都会让我大吃一惊。社会科学在逻辑上从来不敢和自然科学比肩，"经济越低迷，裙子越短，鞋跟越高"很难用数据和事实反复验证，"时尚 30 年一轮回"也应该和"人生百年"一样，不过是一个大而化之的说法，所以当 30 年前流行的东西果真复活的时候，我又被吓着了，觉得时尚成了人类创造的一种有着自己生命周期的有机体，或者用佛教的话来说，它具备了"执藏"，逃脱了人类的控制。

蝙蝠袖、带领结的 V 领毛衣登上今年春夏的时装杂志封面，被称为造型衫。可我见它第一面时，它曾经的名字就脱口而出——幸子衫。

1982 年，日本电视连续剧《血疑》在中国内地播出。先是一阵嘹亮的小号声，然后是主题曲——"瓦踏西露，这一瓦拿"，我好几位同学就是用这种标准音译把《感谢你》完整地唱下来。山口百惠代表着传统的美，浓浓的黑眉毛，圆圆的胳膊和小腿，还有圆鼓鼓的、总是嘟着的嘴，美得仿佛春日的铃兰，有一种充满生机的健康气息。

她最常穿的是校服，白色的上衣，系飘带，方形的海军领披在身后，领子镶着宽宽的蓝边。和三浦友和演的光夫约会时，她经常穿一件白毛衣，大 V 领，露着漂亮的锁骨，领口是上下针，衣身是菠萝针，最与众不同的是袖子，特别长，几乎盖住手指头，掩口而笑时半遮半掩的纤纤玉手特别惹人爱怜。有时候她还会穿带荷叶边的白衬衣，搭配着百褶裙，标准的中学生式的浪漫。

《血疑》播放到一半时，也就是幸子得知光夫是自己同父异母的哥哥时，百货大楼开始出售一种新商品——幸子衫。只要花 8 块钱，就能买到这种综合了幸子三种形象的大开领、带领结的白色针织长衫。它是我见过的第一件以偶像而不是以面料、款式命名的衣服。8 块钱在当时并不是一个小数目，所以当时还有阿姨托人从上海捎《幸子衫编织法》这类的书回来，自己动手织幸子衫。

与幸子衫一起流行起来的还有幸子头，也有叫日本头的，齐耳短发加齐眉的刘海，让女孩子呈现出洋娃娃般的清纯可爱。光夫穿的高领白毛衣叫光夫衫。幸子的爸爸叫大岛茂，是一位风度翩翩、深情款款的医学教授，他拎的黑色手提包被称为大岛茂包。有一家东北的服装厂生产了一种百褶裙，并将其命名为百惠裙，中国有越来越多的城市出现了万人撞衫的奇景。

这部电视剧让我们第一次领教了青春偶像剧加苦情剧的厉害：俊男美女，女主人公身世迷离且身患绝症，男主人公对她一往情深，情节千回百转，台词赚人眼泪，场景美不胜收。它还给中国人普及了一些科学常识，如果不是《血疑》，不知道会不会有这么多中国人知道世界上存在着钴-60这种充满危险的东西，还有一种让你与众不同的血型——RH阴性AB型。

就在中国人懵懵懂懂穿起幸子衫的时候，美国人破解了这种新时装的密码，《时代周刊》在一张众多中国女性穿着幸子衫的街拍照片下面，印了一行字——"毛的孩子们穿起了时装"。

绣花

年轻时，妈妈像所有的妈妈一样，会踩缝纫机、裁衣服、织毛衣、钩台布、打动物形状的补丁，这些都是需要学习、规划和再设计的手艺，相比之下，绣花就是照猫画虎，技术含量偏低了。大概是评书听多了，我倒单单觉得母亲绣花时的姿态特别淑女。

绣花，首先得有花样子，把别人绣成的作品用透明硫酸纸描下来，再放上拓蓝纸描一遍，这样就可以复制出好几份。平柜里有一个牛皮纸袋子，专门放各种花样子，还有一个铁盒，大小正好放各色绣花线。绣花之前，妈妈就把花样子、布和线摆在床上，左看右看，挑选最适合的图案。所有的布料颜色里，妈妈最喜欢鱼肚白，就是一种浅浅的灰蓝色，然后用拓蓝纸把花样子印在布上，再用深蓝色的线绣出来。绣的是花样子里最常见的图案——菊花，张牙舞爪的，可是因为母亲独创的同色系优雅配色，整幅图案便显得非常安静。妈妈多年安静地坚持这样一种配色，简直成了她的风格宣言，沉默但是轻易不会改变。

晚上，家里光线最充足的地方总是被妈妈和她的花绷子占着。花绷子由简单的两个木制圈组成，里外一合，将布料箍在绷子里，针线"嗤"的一声，轻轻刺破布面，无限悦耳。绣成的作品多数做了我们的绣花枕套，干净的鱼肚白很快被我们枕得泛了黄，然后再泛了灰，母亲很快就用新作品代替了枕套面儿。

有时候作业做得烦了，会从妈妈手里接过花绷子，在她绣了一半的作品上胡乱缝几针。母亲心情好的时候就会指点两下：这个地方斜着用针，这个地方用长针。于是我绣的那些菊瓣也慢慢得到了母亲的赞扬："嗯，比狗啃的强多了。"

突然，用最小号缝衣针绣出来花就过时了，妈妈和院里的阿姨们开始分头想办法四处去找输液用的针头。说是四处，无非就是各自到厂里的医务室，找自己认为好说话的大夫或者护士，请人家留心把用过的针头留下来，再请车间的工友在针尖上钻一个小孔，就可以用它绣花了。

如果你现在上土豆网查"日本戳戳乐绣"视频，就能看到当年母亲教我怎样用输液针头绣花了，当时我们叫它剟花，也叫墩绣。针线穿过针头，手拿针的上端，针尖垂直对准布上事先画好的花或字的图形，一针挨一针地剟下去，再拔起来。在一剟一拔的过程中，布的另一面就产生了一个又一个突出的小线圈。整幅图案全部剟完后，用剪子把小线圈均匀地剪去一层，图案就变得绒绒的，像织毯一样，细密结实。看似简单的工序，其实也需要技巧，绣不是平时拉进拉出的绣，而是要把针头一进一出地刺在布上，而且剟得越密越好，否则，洗上几次以后刺绣就会变成一根一根的线头。那段时间，我们姐妹三个抢着剟花，家里的收音机、缝纫机跟着换了好几套剟花的丝绒罩子。

用旧的绣花枕套，融汇了数不清的回忆、期待、猜测、确认，这些感觉混合在一起，构成了一种味道，不是汗味，不是哈喇子的味，不是头油的味，可我偏想从中找到一个确定的答案。柯布西耶为自己的父母设计了一座房子，要把"这里的太阳，那里的月亮，远处的高山，近处的湖泊"都放置其中。那我的母亲在绣这些枕套时，她在试着把什么融入我的生活？

宣传队

　　姐姐一上小学，就被学校毛泽东思想文艺宣传队看上了。每天一早起来就拿上黑功带去学校礼堂练劈叉、下腰，学唱歌。从那以后，姐姐一看就和别的孩子不一样了，脖子挺挺的，腰杆笔直，往那儿一站，还踩着丁字步，一看就是搞文艺的。

　　想当宣传队员可不容易呀，除了要求有一定的文艺细胞，人还得长得漂亮，浓眉大眼，红纸蘸水以后涂上红扑扑的脸蛋和嘴唇，长辫子，白上衣，还得有宽宽的武装带勾勒出的苗条腰身。我入学以后，姐姐凭着自己宣传队台柱子的身份，把我也介绍进去。后来因为练了两个多月还劈不下去叉，甚至连齐步走都跟不上拍子，我被刷了下来。

　　过新年时，在姐姐的指导下，我们姐妹三个排演了一组节目，屋顶挂上皱纹纸剪的彩带，给爸爸妈妈每人发一张小板凳，强迫他们从头看到尾。姐姐和妹妹表演唱歌、跳舞，我只能表演诗朗诵。妈妈叹气：还是念书吧！

　　没多久，教室四面墙上原本贴着的马克思、恩格斯、列宁、斯大林、毛泽东人物像换成了宣传画：一个小男孩和一个小女孩戴着圆圆的头盔，坐在宇宙飞船上（竟然是半封闭的），正朝着太空飞去，飞船屁股后面是表示速度的几条直线，下面一行大字——"实现四个现代化"。宣传队解散了，国家开始落实知识分子政策，妈妈、爸爸和许多大学生一起从农村和工厂调到了城市。妈妈一边跑调动手续，一边叮嘱我：好好学吧，该攀登科学高峰了！

演唱会

　　费翔凭《冬天里的一把火》在 1987 年春晚爆红之后，很快在 10 个城市举办了全国巡回演唱会，"历时4 个月，共计 50 场，后因演唱会的火爆及观众的热情要求，演唱会又加入 3 个城市，演出场次达到 65 场，依然场场爆满"。

　　根据当年的报道，太原就是后加入的三个城市之一。在当时，这绝对是轰动全市，甚至轰动全省的大事件。可是费天王的记忆在这里似乎出现了偏差，他清楚地记得"各地的观众所表达的方式各有不同：上海是彬彬有礼的热烈掌声，沈阳是像看足球赛进球时的狂呼呐喊，广州是一浪压过一浪的哨声，北京则用横幅标语的方式来表达他们的热情。"在电视采访中，他记得几乎每一座城市的热情，唯独对太原只字不提，我们怎么得罪他了？

　　来是肯定来过的，我记得很清楚，因为那是我第一次看演唱会。以前红旗剧场也时不时举办一场演唱会，票价一块五，不算贵，买票的人是要"听唱歌去"，费翔来了，唱歌才在口语中正式升级为演唱会，票价也一下子飞升到二十块。

　　太铁体育馆里，费翔穿着黑色镶满亮片的短西装，系着黑领结，活蹦乱跳地跑上舞台。"太原的观众，你们好吗？"费天王热情洋溢地向观众问好，那富于磁性的、能够穿越时空和心灵的洋腔洋调弥散在空中。此时此刻，本来还有些嘈杂的现场刹那间变得鸦雀无声，所有的观众都被他的问候惊呆了，张着嘴，不知所措，互相打量，然后每个人都决定要像别人一样继续保持沉默。费翔也被观众的反应惊住了，但巨星就是巨星，他马上掩饰住尴尬，拿出招牌微笑，开唱。

　　我们虽然不习惯被歌唱家讨好，但礼仪是有的，每首歌唱完，观众都会报以热烈的掌声。费翔被来自四面八方的掌声鼓舞了，把话筒转向了观众，"接下来是大家熟悉的旋律，大家一起唱！"这句话像一道命令，全场顿时又一次鸦雀无声。费翔卖力地扭着胯部，四射的灯光也闪得更频繁了，终于有几个年轻人开始响应费翔的号召，跟着哼起来："爸爸不要说，爸爸不要说，我还是一个好男孩……"我们羡慕地看着几个赖小子一样的年轻人，决定自己要继续沉默。稀稀落落的声音坚持了一小会儿，越来越低，最后，这些厚脸皮的赖小子们也不好意思跟着唱了，费翔把话筒对着全场转了一圈，发现再无可能捕捉到任何声音，终于死了心，对观众的参与不再抱任何希望，在穿着连身泳衣、披着彩纱的姑娘们的伴舞中，一首接一首再接一首地唱下去。

　　要是他知道威猛乐队在北京的奇遇，心里是不是会好受点儿？

　　"威猛"的专辑曾在英国的流行音乐排行榜上连续两周名列第一，在美国获得过白金唱片销量，是 20 世纪 80 年代最有影响力的摇滚乐队，全世界有无数"威猛"歌迷。1985 年 4 月，威猛乐队作为第一支西方摇滚乐队访问了中国。

　　演出是在北京工人体育馆进行的，全场爆满。开场很久后，黄牛和等票的人都不肯散去。那场音乐会，除了歌声，整个体育场一片寂静，没有一个人跟着唱，没有一个人跟着敲节奏。《人民日报》记者李辉在一篇有关 20 世纪 80 年代媒体与文化的回忆文章中说，这场演出进行到一半时，终于有五六个人激动得不行了，跑到场子边开始跟着乐队一起唱、一起扭，结果很快被扭送出场。

　　怎么会有人相信，我们竟然曾经用拘谨、沉默来表达自己的热情。李辉这篇文章收入了他的集子，书的名字叫《绝响》。

英汉词典

新杂志里夹着一页"美的"广告，一位年轻美貌的主妇扎着花围裙，生活在由各种电器组成的美好生活中，烤箱、冰箱、电热壶、燃气灶、咖啡机、面包机……这一幕如果放在20多年前，那得有多震撼!

朦胧诗、台湾校园歌曲、演讲，那是一个所有时髦风气都是由高校传播出来的时代，在太原工学院上大一的姐姐送给我一本英汉词典，32开，封皮是宝石蓝的底子，26个白色的花体字母装饰在四周，比我原先那本红色塑料皮的小词典可洋气多了。打开书，更神奇的事情出现了：词典里竟然有插图! 比如"美元"词条底下会画一张印着华盛顿头像的1美元，而"everybody"词条底下画着五个穿套头衫的男女老少。这本词典所描述的生活仿佛打开了另一个世界的大门，穿婚纱的新郎新娘、度假、双层巴士、棒球场、煎锅、别墅、后院的草坪、壁炉，每一件都那么新奇、那么令人向往，就连扫把和拖布的线条也画得干净温馨，充满异国情调。

"就是这本词典让我第一次生了出国的念头。吃抹上黄油的烤面包，穿晚礼服，喝高脚杯里的红酒，对一个内地城市的高中生是多大的诱惑。"一位移居加拿大多年的同学感谢这本英汉词典带给她的巨大冲击。上大学后，她一次次奔赴托福考场，终于挽上了金发碧眼的夫君，过上了词典里的生活。

词典里的"秘书"或"职员"总是年轻的姑娘，长发披肩，穿着利索的西服套裙，露出修长的小腿，苗条、漂亮，永远矜持地微笑着。这本词典构成了许多男生的审美范例，每次我穿上蓝色的西装，或者深色的呢子大衣，穿上高跟鞋，一定会得到先生的表扬——"词典美人"。

这本词典的意义如此重大，可我还是忘了它的名字。向图书馆的好朋友描述它：20世纪80年代出的，书名挺长，蓝封皮，香港出的，里面有好多插图，还有，这本词典没有出版社，只在封底印着"内部交流"。朋友是好朋友，但他也无法根据我的描述找到这本书。

当时解放路和建设路上的新华书店，还有外文书店，都能买到"内部交流"的书，多数为翻印的香港图书，以名著、大学教材为主，一般放在书店的最顶层、最不起眼的角落。因为是翻印，所以有绝对的原汁原味、绝对低的价格，这样的便宜事在我们加入WTO以后就基本绝迹了。

在微信上发出求助后，很快有人反馈了一张照片，那是许清梯译的《最新英汉活用辞典》。看微友发来的照片细节图，书上的插图仍然那么动人，老去的是我的眼睛，必须贴得更近一点才能看清"女秘书"那妖娆的身姿。

英文金曲

我怀疑，如果有人申请开一间咖啡馆，工商局会发给未来的执业者一本小册子，叫《咖啡馆必播音乐曲目》，比如 *Endless Love*、*Sealed With A Kiss*、*Yesterday Once More*，并且规定咖啡馆在营业时间必须且只能播放手册上的曲目。要不然，为什么全中国的咖啡馆播的都是同几首歌？

通过朋友的朋友，认识了几位咖啡馆的老板之后，我承认我猜错了，原来咖啡馆播的只是咖啡馆老板喜欢的歌，而这些60后、70后老板，他们的青春岁月是听着同一盘磁带过来的。

《浓情篇——十大经典英文金曲》是20世纪80年代末由香港飞时唱片有限公司协助、中国唱片广州公司出版的流行歌曲磁带，封面上一张黑白照片，一对年轻男女搂抱在一起，欲吻又止，很是暧昧。这盘磁带的A、B两面各五首歌，歌名一概浪漫曲折，无尽的爱（*Endless Love*）、以吻封缄（*Sealed With A Kiss*）、昨日重现（*Yesterday Once More*）、我只想说我爱你（*I Just Called To Say I Love You*）、只有你（*Only You*）……唯一出位的是 *Smoke Gets In Your Eyes*，被译为二流小报标题似的"你的眼冒烟了",耸人听闻,后来被我和同宿舍的女孩们一起改为"雾迷双眼",总算有了点儿"浓情"的意思。

那时候只有书店兼营音像制品,但价格高得离谱,所以当一名中年男子拎着包袱,形迹可疑地徘徊在女生楼外时,竟然得到了我们的热情回应,虽然他卖的磁带塑料壳有点软,照片印得有点模糊,可是便宜呀,而且那时候我们的耳朵也不像现在这么刁,更不知道磁带还有正版、盗版之说,在我们看来,那些到书店花冤枉钱买磁带的人可真傻。

嘶哑的嗓子,千回百转的高音,若有若无的吞音,虽然多数人不求甚解,虽然过后才知道这些不过是港台歌手的翻唱,可那些带着叹息声的 love、dream、tomorrow、lose 足以打动一颗颗年轻的、驿动的心了。女生楼里开始有男生来送饭,到深夜,楼下男生弹着吉他唱金曲里的一首歌。拎着包袱卖磁带的中年人来得更勤了,浓情篇第二章、第三章……一直到第十二章。除了中国唱片广州公司,陕西、天津、安徽的音像公司也各出了一两章,且十二章章章畅销,这位先知先觉的小贩做出了精确的市场定位,从我们手里颇挣了些饭票。

今年刚入秋,和几位朋友坐在咖啡馆里,有人中午的酒还没醒,有人在电话里大声吩咐老公下了班去学校接孩子。Time goes by so slowly, and time can do so much（时间流逝如此缓慢，时光荏苒物换星移）从屋顶隐蔽的扩音器里传出，就那么一瞬间，吹牛的人、打电话的人都被《不羁的旋律》按了暂停键，低着头，若有所思。

纵是前尘往事淡如烟，MP3 播出的声音也不再伴随着磁带走动的"沙沙"声，我们总还记得年轻时听过这样一首歌，还有为另一个人编织的那些永远不会实现的梦。

友谊商店

几年前一个冬天，朋友打电话叫我吃饭："吃肥牛，就是友谊商店那个楼。"我吓一跳，觉得他肯定弄错了地方，肥牛这么俗气低端的字眼，怎么能和友谊商店混为一谈呢？

"友谊"这个词，在很长一段时间内都有着特殊的含义，它不是指普通人或团体之间的友好关系，而是特指和外国朋友之间的情谊。友谊商店就是这样一个特殊的所在，商店固然是卖东西的，友谊之对象则是外宾、华侨、港澳同胞和外交人员。

友谊商店在开业之初，橱窗外曾经挤满了隔窗相望的人，橱窗里的世界是他们的梦想。只有极个别幸运儿才能进入这扇有人值守的大门——必须有内部关系。一位同学的父亲曾在友谊商店做过店员，当年有无数的亲戚朋友沾他的光有幸进入友谊商店看风景，那些外国生产的小家电、威士忌、伏特加、万宝路让他们大开眼界；国产的工艺品，像黑色大漆的四扇屏、镶嵌着花花绿绿的玉石的瓶瓶罐罐、苏州的双面绣、杭州织锦、北京景泰蓝，甚至还有上海梅林罐头、乐口福炼乳，都是外头市面上根本看不到的紧俏货。

如果没有内部关系，那你就得有一种特殊的货币——外汇券。外汇券是中国银行自 1980 年开始发行的一种在境内流通、可与外币兑换的特殊人民币凭证。理论上讲，外汇券与人民币是等值的，但对 20 世纪七八十年代的人来说，外汇券比人民币还多了一个最重要的功能——友谊商店的入场券。一位学外语的朋友当时给来自东欧的外宾做翻译，得到了平生第一份小费——一张一元的外汇券。这张外汇券曾被多位亲戚朋友、左邻右舍借去逛友谊商店。

有了外汇券才能在友谊商店购买当时相当稀罕的彩电、冰箱、东芝录像机，所以拥有外汇券就是拥有了地位和格调。用美国爱荷华大学新闻学教授 Kenneth Stark 的话说，"如果钱能说话，当时外汇券的声音比人民币大 50%"。

20 世纪 90 年代初，我刚上班没几天就领到了第一个月的工资。刚拿上钱，就被一位同事拉去逛商店。"就去友谊商店。"看他胸有成竹的样子，我料想他一定有办法能把我们手里的钱兑换成外汇券。在二楼的真丝布匹柜台，我看中一块紫色的真丝双绉布料，刚把尺寸告诉售货员，她就给我开了一张票，一努嘴："那边交钱！"我惊讶地发现：不用外汇券也能在友谊商店买东西了。不久之后，在海子边的自由市场出现了友谊商店特许经营的商品——耐克运动鞋。1995 年 1 月 1 日，外汇券在全国范围内停止使用，友谊商店最

后的神秘消失了。

　　友谊商店曾经的鼎盛如流水般一去不返，在商店原址上开张的那家肥牛店继承了它的名字——友谊肥牛。去年，走过那里时我怀旧地抬头看了一眼这座淡黄色的、有 S 曲线的大楼，发现那家火爆一时的肥牛店也消失了，又一家饭店取代了它。

元宵

　　春节去拜访亲戚，他住在一个平凡的小镇上，唯一的一条街道还保留着写有"供销社"三个字的商店。供销社门口有人守着三轮车卖货，他滚好元宵，一边煮一边卖。刚煮出的元宵那甜腻腻的香味飘出很远，一定是馅里加了桂花。就在路边，来来往往的行人中，汽车的尾气里，我端着一只缺口海碗吃了满满一碗元宵，这可是新鲜的、立等可取的正月的元宵啊。

　　小时候，每逢正月十五前，父亲就会拿着粮票从粮店把糯米粉买回来，一人二两。取出尘封已久的笸箩，盛上糯米粉，把一小块一小块的方糖丢进去。随着笸箩前后左右轻轻摇摆，方糖慢慢胖起来、圆起来，直到它们的尺寸达到爸爸自定义的标准，元宵才算做成。一笸箩一笸箩摇啊摇啊，父亲在我的梦里不停地重复着这个动作，这样正月十五的早上，我们每个人才会有满满一碗热乎乎的元宵，一咬流一嘴黑芝麻。

　　轻易不肯动吃元宵的念头，就像最美的衣服不可以天天穿一样，非得有一个特殊的日子，要见特殊的人才穿上它，显出心底的尊重。这份尊重因为速冻汤圆的出现而破损了。走进便利店，打开冰柜取一袋黑芝麻馅或者花生馅的汤圆出来，回家烧了开水煮熟即可。从吃汤圆的念头一动，到汤圆入口，对于一个利落的主妇来说，全部过程不过一刻钟。

日本人讲究"不时不吃"，遵守的是一个"旬"字。旬就是季节食物一定要在一年中的某一个日子吃，味道才最正。应季食物上市第一天，像盛大的节日，盛装的男女带着鼓鼓的钱包去品尝这昂贵的第一口。

节日是农业社会留给我们的宝贵遗产，与农业生产的四季更迭息息相关，所以每个节日都有当季的、代表性的吃食。我们按照时序，惊蛰吃梨，中秋吃葡萄，至于冬至和过年吃饺子，我想是因为冬天冷，猪肉容易保存。不像现在想买肉，到超市肉食档口，用手一指，不仅猪牛羊的部位、大小随意，不小心买多了还可以放进冰箱妥妥帖帖冻起来。

走遍全球的麦当劳很方便，价格很透明，味道很标准。可有的时候，还是很想吃一种，只有在此时、只有在此处才能吃到的食物，比如我希望在元宵节吃到一碗手工元宵，它来自一个有名有姓的、属于某个作坊的匠人，元宵里包着他的体温和感情。

月份牌

　　妈妈踩着长条凳，把发黄的、划着很多着重号的旧月份牌摘下来，把新月份牌挂上去，这是一个颇具象征意义的举动，意味着新年来了。

　　家居用品应该忠实地体现出主妇的审美趣味，妈妈不喜欢花花绿绿，但因为没有选择，所以我家的月份牌也总是和别人家一样，印着色彩斑斓的桃花、牡丹花、车床前或开拖拉机的劳动人民，或者伟人，我就是从一张印着毛主席和周总理在机场的月份牌上，认识了马蹄莲，人们说它是周总理最喜欢的花。

　　20 世纪 70 年代，有一年年底，爸爸妈妈的大学同学从广州来太原出差，带了一张月份牌作礼物。这张月份牌据说是出口转内销的，用的纸格外厚，往墙上挂的时候，图钉差点儿穿不过去。画面上印着两位小姑娘，一个穿红衣服，一个穿粉衣服，浓眉大眼，圆嘟嘟的脸，非常漂亮。妈妈非常喜欢这张月份牌，我猜她是借此来表示这两个姑娘的漂亮程度和自己生的三个女儿旗鼓相当。

　　很多邻居专门到家里来看这张月份牌，有人还会不自觉地伸手去摸她俩头发那种绒绒的质感，妈妈索性请厂里的师傅配了个框子，装上玻璃，把月份牌镶了起来。

月份牌上的这两个姑娘成了全厂人的形容词，可以用来形容所有的美女，而美女听到这样恰当的类比，也会欣然接受。

我们都知道照相馆橱窗里的那个漂亮姑娘是谁家的女儿，穿军装的英俊青年是谁家的公子，那个漂亮阿姨是谁家的太太，而月份牌上两个活生生的小姑娘，她们究竟是谁？她们是谁家的孩子？她们是亲姐妹吗？她们为什么如此漂亮？

没多久，我就听说这两个姑娘并非寻常人，而是两个杂技小演员，是走钢丝的。难怪她们的绸子衣服那么华丽，难怪她们的头发可以纹丝不乱地盘成高高的发髻，难怪她们的表情如此纯真而又意味深长，原来她们生活在神秘的舞台上。

过了几天，这个故事有了续集：那位站在后排的穿粉衣服的小姑娘，因为不够乖巧受到了排挤，演出要被取消了。于是大家纷纷为她鸣不平，觉得她黑亮的眼睛里好像含着泪水；对那个穿红衣服的姑娘，未免有了一些指责的意味。

这个故事很快得到了进一步的补充：在一次演出中，穿粉衣服的女孩从空中掉了下来，非常非常不幸地，她就此离开了这个世界。再去看月份牌，她的眼中果然充满了一种宿命的悲伤，连带着穿红衣服的女孩，脸上似乎也有了掩藏不住的哀愁。

我一边热衷于向同学们传递这个故事，一边隐约猜到这个故事是人编出来的，不是真的。人天生害怕未知的事物，所以我们需要故事，需要解释，即使这解释非常无厘头，也好过面对一个真相的空白。我们知道了这世界上有两个漂亮至极的小姑娘，却没有任何相关的知识背景，这会让所有见过这月份牌的人都十分抓狂，于是一个能解释一切相关现象的故事应运而生。就像古时候的人看到雷电，他不会无动于衷，他一定得找到一个解释才能继续安心地生活，于是有了雷神的故事。自从我们认识了云团和正电、负电，雷神的时代结束了。

如果月份牌下面可以附上两个小姑娘的经纪人的联系电话，或者她们的微博账号，那么她们的生日、身高、情绪，她们交了什么新朋友、参加了什么发布会、她们的爸爸妈妈的工作单位、喜欢吃什么口味的蛋糕都会一览无余。信息足够多的时代，故事消亡了。

展销会

　　妈妈会阶段性地玩失踪：隔些日子就一大早出门，到下午也没有任何消息，打电话准是不接。爸爸只好给我们姐妹三人挨个打电话："看见你妈没？"到天快黑的时候，妈妈就拎着大包小包现身了，面对爸爸的指责，嘿嘿一笑："逛展销会去了。"

　　第一次听到"展销会"这个词，是刚上初中那年的夏天。黄昏时分，妈妈带回家的除了一把青菜，还有从同事那里听来的消息：这个星期天要开展销会！

　　没有交通工具的时候，外面的世界总是很远。展销会就在双塔街体育馆一带，可当时觉得那个地方太远了，要在爸爸自行车的后座上坐得快打瞌睡了才能到达。

　　去展销会的路上很冷清，沿街是矮小的居民楼，路边没有"商圈"，没有"黄金旺铺"，也没有现在这些令人兴奋的自行车商店、服装店、美容店。只有双塔街和解放路的交叉口一带热闹非凡，一辆辆大篷车载着"天津名优产品""上海十大名牌"浩浩荡荡开进来，卸下一条条木板，拼装起来，一块旧花布"哗"地抖开，铺在木板上，柜台有了。服装、塑料制品、五金一摆，展销会开始了。

穿过卖冰棍儿的、爆爆米花的、吹棉花糖的，在这个城市大庙会上，妈妈当仁不让地走在最前面，以解放路口为起点，按逆时针方向，快速审视着路边的摊点，决定哪样东西值得大家停下来讨论。妈妈的兴趣主要集中在布料上，"这个适合给你姐做裙子，那个我和你爸能套裁两条裤子……"妈妈时不时拿起看中的布料，让布卷在柜台上砰砰砰打几个滚，拉出一段来放在我们身上比划。

有一次从早上逛到中午还是一无所获，妹妹最先失去了耐心，嘟囔了两句表示了自己的不满，转身朝相反的方向挤去。妈妈故作镇静继续逛到下一处柜台，挨个摸了摸布料，突然瞪了我一眼："你妹妹都跑了，当姐姐的也不说看看去！"

当我在展销会的尽头，在众人的围观中找到妹妹时，她已经哭花了脸，手上举着一支不知哪位好人心给她买的冰棍儿。

20世纪80年代，市场上的商品远没有现在这样种类繁多，商品交流也不够发达，全国各地都举办过以商品零售为主的展销会。不过多数人都和我妈一样囊中羞涩，看得多买得少。

一位学计算机的青岛朋友说他那时候也参加过一次展销会，看到一位外国专家带着一台IBM-PC301来参展。让他记忆深刻的是，为了买市场上唯一的这台电脑，山东大学的老师和青岛电子设备厂的人员当场就争执起来，谁也不肯退让，最后也不知道这台电脑被谁买走了。

20世纪90年代初，我在煤博举办的展销会上买了一件白底蓝花的中式短袖上衣，那是我最后一次和妈妈一起逛展销会。没想过为什么，展销会被我从生活内容里删除了。

只有妈妈对展销会仍然抱着和30年前一样的热情。如果某个会议中心、会展中心举办活动，她只关心一个问题——"卖不卖东西"，不卖就绝对不去。

妈妈和老年大学的同学结伴去煤博买白果、削皮刀、羊绒衫和迷你缝纫机。总是今天买了，明天退了，后天又去了。前几天在中博会上买了个按摩器，逼着父亲用，然后不断地问："腰不疼了吧？管用吧？"展销会不再是需要，它成了妈妈的娱乐方式。

蘸水笔

这几天中午总在下雨，没什么事情要忙，在小胡同里溜达。路边一扇墨绿色旧木门，门上用白漆写着"修理手表"，走进去给石英表换了电池，换的是店里最贵最好的，花了三十块。面容模糊的中年老板很赞赏我的选择："前几天有人去大商场换了块一模一样的，你知道要了他多少？一百八！"

他用眼皮夹住一个单筒放大镜，慢悠悠地打开手表后壳，凸起的右眼让他看上去有点像怪物史莱克。他身后有一排老式的木柜台，乱糟糟地摆着杂货。我溜达了一圈，在玻璃面板下头发现了一瓶贴纸封条的驼鸟墨水，旁边一个半开放式的纸盒里躺着六个亮闪闪的小东西。把眼睛贴在玻璃上看了半天，也没看出个所以然。

"蘸水笔尖。"他不用回头就知道我在想什么。

"现在还有人用这个东西？"

"多年没人用了，老爷子的存货。"

20 世纪 70 年代，我读小学时，一二年级用铅笔写字，三年级允许用钢笔了，我用的第一支钢笔就是蘸水笔。蘸水笔的结构很简单，一个木质的笔杆，顶头夹着一个笔尖。这种笔没有笔囊，笔尖内侧有个凹下去的小片，里面能存一两滴墨水。写几个字就把笔尖伸进墨水瓶子里蘸一下，在瓶口抿几下，把多余的墨水抹掉，这才开始写。经常是一个字还没写完，缺胳膊短腿的，就没水了，蘸上墨水接着写，笔画一下子变得特别粗，那个字会特别难看。

　　有时候操作不当，刚蘸的墨水从笔尖里掉下来，整整一大滴都滴在纸上，留下一摊污渍，整张作业前功尽弃，只有撕去重写。

　　用了一段时间，同学们总结出用蘸水笔的技巧：一是不要蘸水太多，一次只蘸笔尖的三分之二，否则墨水就会滴到纸上；二是不可等笔尖内的墨水用完再蘸，最多写两行就要蘸，否则写出的字就会深浅不一，显得潦草。

　　过段时间，又发现了新问题——蘸水笔笔尖硬度大，而且很锐利，相比之下作业本的硬度和柔韧度就明显不足，落笔稍重就会把纸戳一个洞。有同学到高年级取经回来，教给大家一个窍门：新蘸水笔尖要在水泥窗台上打磨，让笔尖稍微变粗，笔尖与纸接触的地方变平滑了，就不容易把纸戳破了。慢慢地，我能用蘸水笔写均匀的字了，老师用她的蘸水笔蘸上红墨水，在我的作文本上画出越来越多的红波浪线，后面写一个大大的"好"字。

　　有一次自习课写作业，错拿了同桌的蘸水笔，他很不满意地迅速把自己的换回去："别用我的。你写连笔字，可费笔尖了。"

四年级期末考试，我大概考得不错，母亲把自己用的英雄牌钢笔送给我以示奖励，我也成了不用背蘸水笔和墨水瓶的时髦学生中的一员。

最后一次见到蘸水笔，它被一根细棉绳拴着，笔杆上黄漆斑驳，那究竟是在医生的办公桌上，还是在邮局填写包裹单的柜台上，实在想不起来了。如果我知道那是我和它见的最后一面，一定会看得更仔细一点。

在修理手表的小店里，我突然童心大发，想买一支蘸水笔回家试试。

中年老板给了我一支木杆、一个笔尖，"五毛。"

"啊？"

"五毛。"

五毛钱，就把人带回到了千金难买的童年。

自行车

《一声叹息》里，徐帆在夜色中看到楼下来了辆汽车，一停，下来一个女学生，又一个女学生……一辆车，怎么也下来了七八个人，徐帆看得直吸冷气。

那你知道一辆自行车能带几个人吗？

连驾驶员，一共五个。

30多年前，看电影是生活中不多的、值得举家出动的文艺生活。爸爸把车子推出来，拍拍前梁，让我坐上去，姐姐也坐上去，然后爸爸一骗右腿蹬住右边的脚蹬子，左腿支地，让车保持在一种蓄势待发、欲动又止的完美而微妙的状态中，母亲把妹妹抱在怀里，轻轻一跳（必须很轻很轻），侧坐在永远绑着一条包装绳的后座上。壮年的父亲，像一辆开始喷汽的蒸汽机车，缓缓地、有力地启动了自行车，向县城中心的电影院进发。

这辆二八加重自行车是家里唯一的交通工具。平时父亲骑着去粮店买50斤一袋的玉米面、高粱面，偶尔会拉一筐葡萄、槟果回来，那肯定是工厂派卡车到地里拉的，一人一份，算是福利。星期天，就是洗车日。姐妹三个，每人手里拿一块抹布，湿的先擦，干的后抹，每根辐丝都不放过，轮胎的刻槽要用硬毛刷子刷干净。很多年后，我才知道清华大学有一位留德回来的教授，每个星期天也是用这样的方式度过的，不同的是，他会把自行车大卸八块，每颗滚珠、每个轴承都要护理一番。

上初一的外甥过生日，我们凑钱给他买了辆"跑车"——自行车。回了家，他扶着自行车把，试了好几次，终于还是忍不住，骑着在狭小的门厅里绕圈。

"这么喜欢你的自行车？"

"就和你刚换了一辆新汽车一样。"

其实，我也曾深爱过自行车啊。上高中时，和同学骑车去了晋祠，分享面包和饭盒里的冷饺子。谈恋爱时，寒流突袭，男朋友转过头大声告诉坐在后座上的我："嫌冷就抱紧点儿！"开上汽车，他最多只会给你扭开热风的开关。

周末，路过迎泽公园，看到警察正在教训一个骑车带人的小伙子。小伙子低着头，满脸通红，他身边的姑娘不知所措地看着警察，流露出讨好的表情。如果不是开着车，我真想劝劝警察：这个年代，一个姑娘不在网上求包养，不逼着男朋友买车买房，而是心甘情愿坐在他的自行车上，跟着他逛公园。这么好的姑娘，不表扬也就算了，你还要罚她的款？

做头发

看过一位非常有名、非常伟大的哲学家传记（没太看懂，而且我连他的名字都想不起来了），提到主人公这辈子最大的努力都用来证明神如何不存在，可到了晚年，他竟然开始天天去教堂。他的学生非常失望，问他为什么。他说，神是不存在，可这么多人日复一日年复一年跪在这个地方，这个地方无论如何都变得具有了某种神性。我想他的意思是这么多人的能量经年累月汇聚起来，一定能形成某种场，看不见，摸不着，可就是存在。

我想说的是我的头发。如果把二十几年来我为它付出的比多数人多得多的时间、情感、关注度和金钱汇聚起来，形成的场应该足以让它变得像我所祈求的那样：像海藻一样丰富，像巧克力一样丝滑柔美。

就身体而言，如果人特别关注什么，一般意味着这个地方出了问题。五岁时，我认识到了头发的存在：都这么大了，母亲竟然给我剃了个光头，就是为了让我的头发长得像别的孩子一样黑而稠密。在我和表弟的合影上，两个人都顶着寸头，咧开嘴大笑着，根本看不出其中一个竟然是女孩。母亲带我去一位阿姨家做客，小朋友怎么都不肯让我进院子里的女厕所。我气坏了，说什么也不肯再剃光头。

好在第二年我就上学了。

想不到的是，即使没有光头，头发仍然可以是我的噩梦。

家里唯一一面镜子摆在扣箱上，椭圆形，嵌在绿色的塑料边框里。给我剪了头发以后，母亲会主动把镜子递给我。虽然从剪子不断的咔嚓声和凳子后面不断飘落的头发上，很容易就能计算出结果，可每在镜子里找到自己，还是会吃惊：头发高悬在耳朵上方，生硬而突兀，再加上母亲所使用的全部工具就是一把裁缝剪子，所以头发的边缘犬牙交错。放下镜子，我真希望第二天不用上学。

母亲的标准只有一个：短。或者说是三个标准：短，再短，更短。而这样的惊愕，会一次又一次重现。

与此同时，我看到母亲拿回家的火钳子，把钳子的两只脚在火上烧得通红，再把打湿的头发卷起来，刺啦刺啦冒上一阵热气后，头发就出现了美丽的旋涡卷。后来邻居从上海带回来烫发药水，母亲请厂里的木工做了一组木棍，学着自己在家烫头发。那一时期的照片上，母亲总是顶着一头"菜花"，骄傲地注视着镜头。

鲜明的对比导致我成年以后对各种收拾头发的方法产生了狂热的迷恋，不仅定期上美发厅（现在叫美发沙龙），还在家里添置了卷筒宽齿的按摩气囊梳若干、吹风机三组、卷发器两套，学会了自己在家把头发染成栗棕色、咖啡色、紫色，还能在五分钟之内把头发拉直，或者卷成麦穗，能用吹风机和排梳把头发卷出大卷。

在体会到了如此沉重的痛苦，付出如此之多的心血之后，我的头发却丝毫不以我的意志为转移，依然如它童年，单薄细软。于是我开始真的不相信神的存在了。

铸铁锅

据说在中世纪的欧洲，铸铁锅非常值钱，所以常常被写进遗嘱传给后世子孙，地位之高可与房产相比。中国人很早就发明了铸铁技术，所以锅就没那么值钱了，可神圣性一点不弱，我几次搬家，都分别听不同的有识之士告诫过：锅在哪儿，家在哪儿，哪天锅搬过去，才算是搬家了。

带图解的词典里，锅的词条下所有的配图都是这样的：圆底的，有深度的，带着一支长长的手柄，而且看上去总是黑乎乎的。没错，就是小时候家里那口铸铁锅。

这口锅的名字是炒锅，可因为每个月供应的菜籽油数量有限，所以这锅其实很少用来炒菜。大部分时候都是用极其微量的油，连炖带焖地弄出一锅数量壮观的菜。只有在过年做带鱼时，它才真正发挥出炒锅的作用。锅放在火上预热，看着锅底从黑变成暗红，再变得灰白，总之就是到了白热化这个程度，父亲把一盆腌好的带鱼，迅速丢进锅里。顿时整个厨房硝烟弥漫，伸手不见五指，咳嗽声四起。等烟雾散开，把鱼翻个面儿，再煎。没有不粘涂层，没有水平的锅底，就凭一口黑乎乎的铸铁炒锅，父亲就能为我们做出一锅两面金黄、鱼皮完整、外焦里嫩的带鱼。

经历了几番高温炼狱，铁锅依然是沉甸甸、黑乎乎的铁锅，可怜的是原本又黑又亮的高级电木手柄，靠近接口处很快烤出了裂纹，裂纹越来越大，形成了小碎块，一块一块往下掉。终于，在父亲某一次和平常一样把锅端起来的时候，电木手柄自根部彻底断裂。这种小意外显然不是我家独有的。商店的柜台里摆着各种型号的电木手柄，一块多钱，回家用两个螺丝一拧就固定好了。可电木毕竟不是木，它是塑料，所以很少有人来买这种可替换手柄，他们有别的办法——更经济、更实用的木柄——旧铁锹把、拖布把、包装箱上的木条、树林里拣来的粗枝，用菜刀削削，都能用来做锅柄。

那时候铸铁锅都不带锅盖，要另配，所以每家的锅盖都不一样。最简单的是从商店里买回来的镀一层橘红色薄膜的铝锅盖，我们家用的一直就是这种，直到前几年才被玻璃锅盖取代。很多人家用的是木锅盖，六块或八块木条拼凑而成，木板之间组合致密，看不出任何缝隙。家里打家具时，木匠师傅都会主动把边角料利用起来，给主家打个木锅盖。别看东西小，工艺一点不简单，每块木板两侧都得削出一定的角度，才能围成一个正圆。讲究的人家还要在边缘包一圈铁皮，好清洁，还不容易磨损。有位朋友家直到现在还用着木锅盖，因为"盖上玻璃锅盖水蒸气倒流得太厉害，做的菜味道不对"。

　　这位朋友是公认的美食家，会吃更会做的那种。她最看不上的就是我这样的装备党——"花几百块搞什么德国两耳不粘锅、意大利煎锅，噱头搞得太大了。"其实我最清楚，这些锅她家里也有，只是不常用。一口铁锅煮天下的日子早就过去了，现在不开灶的人家，橱柜里也至少会有一口炒锅，一口电饭锅，一口压力锅。她是在炫耀她的铸铁锅，第一次用之前，里里外外抹上油，放在小火上加热，油脂和铸铁受热结合，形成一层防锈保护膜，以后每次做了饭，洗刷之后，在火上烤干，再抹上油，如此这般五六年养护下来，就成了用起来最趁手的厨房神器，煎、炒、烹、炸、焖、溜、熬、炖无所不能，"我爸当年五块钱买回来的，现在给我五千块也不卖"。

瀚·小语

瀚·小语